VITTORINO
ANDREOLI

LETTERA ALLA TUA FAMIGLIA

Rizzoli

ISBN 88-17-00563-0

Prima edizione: febbraio 2005

Carissimo,

sento un forte desiderio di rivolgermi alla tua famiglia che, pur essendo formata da più individui e tutti con la propria specifica e ben distinta personalità, è al tempo stesso una unità inscindibile.

Come un trio per archi o un quartetto, un *ensemble musicale,* in cui il violino, la viola da gamba e il violoncello hanno ciascuno capacità espressive tonali e melodiche proprie, ma la sonata emerge dall'insieme di tutti gli strumenti. Mi sembra questa una buona metafora della famiglia, un insieme in cui le capacità del singolo, e quindi la sua personalità irripetibile, sono fondamentali, ma devono contribuire alla riuscita di un risultato comune. Penso al contrappunto, a quando due strumenti entrano in una vera comunicazione e le note si susseguono in un dialogo serrato: la bellezza è il dialogo, non i pezzi melodici isolati di ciascuno strumento. Se suonano insieme, danno sensazioni musicali piacevoli, separatamente fanno pensare a qualche cosa di incompleto, di rotto.

La famiglia è un *ensemble* e la sua prima caratteristica è che tutti gli strumenti partecipino, eseguano la loro parte seguendo lo spartito. Ed ecco il primo messaggio: nessuno può essere escluso dalla famiglia di cui è parte. Il gruppo non sarà mai pienamente realizzato se uno dei suoi membri non è attivo e concorde. Se uno è presente e non suona, si avverte un buco laddove lo spartito prevede il suo intervento, e l'armonia è rotta. E se uno dell'organico tace o usa il violino con rabbia invece che con delicatezza, la sonata sarà un vero disastro. Il bello dell'insieme orchestrale è che ogni elemento si lega all'altro e tutti sono in funzione dell'insieme.

Una famiglia non può essere ridotta all'uno o all'altro dei suoi componenti, non è nemmeno la somma algebrica di tutti, poiché l'insieme dà un valore aggiunto per cui ciascuno, in quanto parte di quella famiglia, acquisisce qualche cosa che non gli appartiene e che non si manifesta quando si esprime da solo.

Non so quanti sono i componenti della tua famiglia, se una coppia o un insieme allargato con figli e nonni; è chiaro che aumentando l'organico le possibilità di realizzazione musicale aumentano, anche se impegnano in un maggior sforzo di coordinamento. Nella compagine orchestrale, per la Nona Sinfonia di Beethoven si raggiungono, mettendo insieme l'organico musicale e vocale, duecento elementi, guidati da un direttore d'orchestra. Tanti ruoli legati alla sonata che si vuole realizzare.

Uno può vivere anche rinunciando all'insieme familiare, vivere da singolo, ma se decide di farsi una famiglia e quindi di rinunciare al *monos* per un *ensemble*, allora deve seguire alcune regole implicite che l'esempio orchestrale ha richiamato: essere uno tra altri per uno scopo comune, che in quel caso è l'esecuzione di una composizione musicale e per la famiglia quello di realizzare una sinfonia di sentimenti.

Lo voglio dire subito: la famiglia è il luogo dei sentimenti, il risultato risiede nello stare bene insieme, in particolare nel luogo fisico della famiglia, la casa.

La casa è particolarmente importante. Lo è per me, per tutti noi italiani che la desideriamo e la curiamo fino a imprimervi uno stile di famiglia.

Ogni famiglia, a partire dalla tua a cui mi rivolgo, ha la necessità di avere una casa e una casa che aiuti il benessere dei sentimenti. La tua famiglia non può essere gravata dalla provvisorietà della casa. Provo indignazione quando sento esaltare la famiglia e dimenticare una «politica della casa», che garantisca per tutti la tana in cui vivere nei momenti di difficoltà e di gioia. La società, vista come insieme delle famiglie, deve garantire come elemento primario e inalienabile una casa a chi voglia costituire un *ensemble*, per vivere serenamente, il più serenamente possibile.

Mi rammarico quando sento dire che i giovani non amano più l'istituzione della famiglia e poi scopro che per poter affrontare l'onere economico di una casa è necessaria una cifra che va oltre il loro stipendio possibile e precario. E ciò accade nella società che si continua a chiamare del benessere e che obbliga i figli a stazionare *sine die* nella casa dei genitori.

Mi auguro che ogni famiglia abbia la propria casa, poiché so quanti problemi può porre – per la realizzazione dei progetti di vita familiare – l'esserne privi.

Carissimi, sono un padre e un marito dentro una famiglia senza la quale mi riesce difficile immaginare come vivere. Mi piace fare tutto quanto mi appare utile e possibile affinché anche gli altri membri si trovino bene. La mia serenità produce legame con loro e ciò significa al contempo sicurezza per me.

Questa è la vita di una famiglia: tu stai bene perché l'insieme, gli altri, stanno bene con te e ogni azione tu rivolga a loro, si riflette positivamente su di te.

E non crediate che la mia esistenza sia un idillio, vivo all'interno di una famiglia che ha conosciuto difficoltà e dolore e che è fatta di fragilità.

A ventotto anni mi sono sposato, ho contribuito a generare tre figlie e da allora, a organico completo, ho suonato in un quintetto. Adesso vivono in una loro casa, ma regolarmente ci riuniamo e continuiamo a suonare.

Ognuno di noi esercita un compito proprio fuori casa, legato alle caratteristiche di ciascuno, alla propria professione, ma quando i solisti rientrano, l'*ensemble* si ordina per una sonata di famiglia, e abbiamo fatto cose straordinarie.

Straordinarie anche se solcate talora dal dolore, tra il dispiacere, le difficoltà, le incomprensioni. Molte volte ho sentito la famiglia come un vincolo insopportabile, talora mi è sembrato di non essere capito e di venire criticato, come se io fossi inadeguato. Momenti in cui la famiglia mi è apparsa un inferno nemico, con la sensazione di aver sbagliato tutto.

Ma da trentasette anni faccio parte dell'organico e ora so che una famiglia cambia, che ha capacità di rinnovarsi, di ricrearsi.

Non saprei vivere senza questa famiglia, non perché sia legato da una dipendenza, dalla incapacità a una esistenza solitaria, ma perché sto bene e perché qui trovo la forza di vivere dentro il mondo, di andare per il mondo sapendo e pensando sempre al mio punto di riferimento. La famiglia non mi toglie la libertà di agire da singolo, ma mi dà la forza di farlo.

Insomma sono parte di una famiglia che non è né perfetta, né un esempio di romanticismo poetico, ma ha retto ed è rimasta, tra qualche scossone e seguendo l'andamento da alta a bassa marea, il luogo dei sentimenti.

Chi pensa che l'affetto sia uno status continuo o che si spenga in funzione dell'età, sbaglia.

Se pensate che una famiglia vecchia abbia consumato gli affetti e sia chiusa dentro le coordinate del minimalismo, vi ingannate.

Io sono un vecchio entusiasta di una vecchia famiglia, e proprio ora, in questa fase della mia esistenza, scopro picchi affettivi straordinari, certo diversi, ma non per questo meno significativi e belli di un tempo.

Se pensate che il gusto della relazione totale, che certo mescola anche i corpi, sia una proprietà esclusiva della giovinezza, siete in errore. Se credete che, diminuendo il vigore delle passioni, si è fuori dall'amore, prendete un grande abbaglio. Le relazioni affettive sono sempre nuove per tonalità, per eleganza, per l'accumulo dell'esperienza passata: un racconto musicale barocco, non privo di improvvisazioni e di qualche resurrezione. Oltre il tempo: una *durée* che parla di infinito.

Occorre non dimenticare che gli organi dell'amore sono degli evidenziatori del sentimento ma che il sentimento non si può ridurre alla loro capacità di movimento ginnico.

Sono felice di essere vecchio e lo sono proprio alla luce di quel corpo segnato dal passato, dalle rughe che porto in volto e che non hanno bisogno di un chirurgo plastico, ma semplicemente di un lettore attento che sappia riconoscere in quei segni una lunga storia, un passato di gioia e di dolore e di molta gioia legata alla vittoria su tanti dolori.

Provo tristezza per tutti i vecchi sofferenti di giovanilismo, impasticcati di afrodisiaci. Sentono il bisogno di scoppiettare perché non hanno ancora scoperto il silenzio e, nel silenzio, l'ombra dei sentimenti.

Alla mia età fa l'amore anche il passato e io ormai sono fatto più di passato che di cronaca.

La coppia è già una famiglia e ogni famiglia con figli ha vissuto un tempo di coppia e certo lo ha apprezzato. È bellissimo un legame d'affetto tra un lui e una lei che sentono di appartenersi e che finiscono per considerare l'altro come il proprio mondo, sovente come tutto il mondo.

Io credo che sia nel diritto di ciascuna coppia decidere se avere figli e sono convinto che i risultati della scienza possano sempre essere a vantaggio dell'uomo e che anche la possibilità di regolare le nascite e di ritmarle con la consapevolezza e persino con un piano familiare, valutato insieme come scelta appropriata, sia un raggiungimento positivo.

Certo, non posso non esprimere la grandezza e la bellezza di fare un bambino, per me la famiglia, fin dall'inizio, era finalizzata anche a questo.

Per lei, per me, creare un figlio dal nulla, sentire che potevamo mettere al mondo chi avrebbe potuto non giungere mai alla esistenza, si era mostrata subito come una possibilità piena di mistero e di fascino. Abbiamo sentito, proprio in questa decisione, la differenza tra il nulla e una vita: dal nulla al volto di un bambino che con noi avrebbe mostrato la propria umanità.

Non solo metterlo al mondo, ma partecipare alla sua crescita, che non è il rigonfiamento di un esistente che muta solo la propria dimensione, ma indurre, ordinare, plasmare quel nulla, ci appariva una grande avventura.

Insomma, è straordinario sapere che tu e tua moglie avete fatto un bambino e lo avete aiutato a crescere e che si staccherà da voi, prima o dopo, ed esisterà anche senza di voi, ma che non poteva venire al mondo e crescere senza di voi.

Bisogna stare attenti, tuttavia, a non limitarci al generare; educare è altrettanto bello: un processo in cui si apprende molto, in cui si sperimentano nuove dimensioni della propria umanità. Si cresce l'altro crescendo se stessi.

Se si diventa genitore mettendo al mondo un figlio, per diventare padre e madre occorre dedicare tutta la propria vita.

Sono due tappe tra loro diverse.

La divisione tra le due funzioni risalta in maniera chiara nell'adozione, dove una coppia diventa padre e madre di un bambino che non ha generato. D'altra parte si può generare e poi essere padri o madri mancati. Essere madre e padre permette di acquisire di sé una dimensione e una potenzialità nuove che senza un figlio nemmeno si immaginano e che con lui si scoprono e finiscono per cambiare il senso e la vita di ciascuno.

Nella famiglia si sono affermati i princìpi di sussidiarietà e del vantaggio reciproco. Si potrebbe giungere a dire che la famiglia è un sistema di economia bilanciata dei sentimenti.

Mi ribello sempre quando sento un padre e una madre che si lamentano per quanto danno ai figli e per il poco o nulla o, peggio ancora, per il male che ricevono in cambio. Si tratta semplicemente di incapacità a fare i bilanci, dimenticando voci importanti e non attribuendo il giusto valore ai sentimenti.

Una vita non si può ridurre all'attimo della delusione, ignorando il passato e senza immaginare un futuro.

Conosco famiglie che hanno un figlio handicappato e si dedicano a educarlo traendo da una fatica maggiore una soddisfazione ancora più alta, e sono tutt'altro che masochisti e imparano quanto ingiusto sia parlare di handicappati invece che di persone diversamente dotate.

Carissimi, sto facendo ogni sforzo per potervi trasmettere il mio pensiero o meglio, i miei sentimenti relativi al crescere ed educare un figlio e lo faccio perché vorrei che non aveste paura dei figli. Una paura che sento dominare nella società attuale come se l'idea di un figlio facesse scattare una serie di difese, di riparo dai rischi. *In primis* la paura che nasca o cresca con qualche difetto. È la sindrome di «Cicciobello», il desiderio che un figlio debba essere in tutto simile a uno stereotipo, a un modello che la società presenta alla stessa maniera di un'automobile o di un computer.

Il figlio non porta una griffe, è un essere umano che ha bisogno di un padre e di una madre per crescere tenendo conto delle sue capacità, di ciò che vorrebbe e potrebbe fare nel mondo fisico e in quello delle emozioni e degli affetti. È un «oggetto» in corso d'opera per sempre, sia pure con fasi di diverso impegno e significato.

Ciò di cui ha soprattutto bisogno è l'amore, l'unico bene che non si vende al mercato. E si dà amore ricevendone e allora chi dà amore è sempre qualcuno che lo vuole ricevere: ecco di nuovo l'economia applicata ai sentimenti.

Come avete colto non sono molto convinto che i figli siano dei pesi e tanto meno delle disgrazie, piuttosto credo che l'esistenza sia molto complessa e variabile e che talora la vorremmo diversa da come si svolge.

Ma ciò non giustifica il lamento e tanto meno parlare di fallimento.

Non esistono i figli-problema, ma soltanto delle condizioni che esigono risposte, e risposte concordate per le quali l'*ensemble* diventa una forza e in questo clima anche la disgrazia non è altro che una prova speciale.

È difficile vivere con un figlio avendo in mente stereotipi o modelli vincenti e quindi essendo condizionati dal bisogno di copiare invece che dalla libertà di creare un «oggetto» irripetibile.

Creare è molto più impegnativo che copiare, non tanto per la fatica fisica o per la tecnica usata, ma perché educare significa tirare fuori, un lavoro da continuare, da continuare sempre.

Sono un uomo della Città della terra, credo nella dignità umana, nella possibilità che l'uomo viva meglio, con minore fatica e soprattutto con una carica aggressiva minore e tendendo sempre alla pace. Se il mondo non funziona come vorrei e come vorreste, ne sono sicuro, è colpa di questa umanità. Il male ha le stigmate dell'uomo, anche le guerre sono da attribuire all'uomo e alla sua stupidità, alla sua sete di potere. Sono convinto che il mondo possa essere migliore e le famiglie, la tua famiglia, più serene.

Ma questa non è una lettera di ammaestramento, quanto vi sto dicendo si fonda sul rifiuto della famiglia come un luogo del conflitto e persino della violenza. Non posso accettare che un istituto che serve a dare sicurezza sia stato trasformato, almeno in molti casi, in un campo di battaglia. Un ring di lotta e non un'oasi di serenità, sia pure raggiunta attraverso la fatica e la sofferenza.

Non lo accetto e so che non è da attribuire a un destino, ma da legare all'uomo, alle strategie della sua vita, al senso che ha cercato di darvi e che sanno di follia.

È stolto fare degli anni di esistenza una corsa al successo per poi portarlo in una tomba sotto la terra. È stolto desiderare un potere sempre maggiore, come se si trattasse di una onnipotenza da accumulare per sempre, quando tutto attorno a noi mostra come sia tenue la vita e basti un colpo di vento per spegnerla e per sostituirla con la tristezza del nulla.

Credo che invece sia saggio, e umanamente possibile, fondarsi sulla solidarietà all'interno della propria famiglia, aiutare per essere aiutati, ma ancor più amare, e non si può amare senza sentire il rimando dell'amore. E l'amore non è mai potere e mai ricchezza, mai accumulo, mai merce da usare.

Non posso accettare che l'uomo sia tanto stolto da diventare violento con chi invece si dedica a lui. Non accetto che una moglie sia trattata peggio di un'automobile, che un figlio venga dimenticato mentre si presta attenzione agli amici di un club sportivo. Non lo accetto poiché attribuisce importanza a ciò che decora la vita, ma non le dà valore e senso. L'uomo deve chiedersi che senso abbia e cosa pensi del mondo e della sua esperienza dentro il mondo e in questa cornice domandarsi cosa sia una famiglia e la propria famiglia, cosa un bambino invece che una bambola di pezza o un barboncino dal pelo delicato e profumato. Il senso della vita, il senso della famiglia.

Conosco famiglie in preda alla violenza ma intravedo sempre la possibilità che ritrovino il sorriso, il gusto di sentirsi uniti, con la forza che deriva persino da chi afferma di aver bisogno di aiuto. La forza della debolezza, il coraggio della propria insufficienza. Io temo l'onnipotenza dell'uomo, non i suoi limiti.

So di aver dato fiducia e forza a molte persone che mi hanno avvicinato nel mio ruolo di psichiatra e so quanto io stesso sia fragile e quanto aiuto abbia cercato in famiglia da mia moglie e dai miei figli. Se sono stato un buon psichiatra lo devo in massima parte alla mia paura, alla mia insicurezza che mi portavano a capire gli altri con la modestia di chi sa di non avere doti particolari se non quelle di un uomo che ha cercato sempre di camminare senza far molto rumore, e di aiutare, semmai, senza la convinzione di poterlo fare. Ho amato la debolezza e la fragilità dei miei pazienti, poiché avevo consapevolezza di quanto io stesso fossi debole e fragile. Sono pieno di dubbi, ma il dubbio non impedisce di aiutare: si può capire come aiutare se si sente la necessità dell'aiuto. Non amo i forti poiché ho imparato a conoscere la debolezza nella forza. E so che un debole, per amore, può trasformarsi persino in eroe. E questo vale anche per coloro che sostengono di non poter essere padri poiché non ne sono capaci, sentendosi portati per altri compiti nel mondo.

Non credo che la rinuncia alla paternità, legittima, sia da attribuire a una impossibilità, ma solo a una diversa scelta che appare la migliore e la più gratificante.

Non cercate il forte per avere aiuto, lo potete trovare anche in chi vi è vicino e appare debole.

Vi scrivo perché credo che la famiglia sia una risorsa straordinaria e non posso accettare che diventi invece un fallimento, ben sapendo che questo fallimento dipende da chi ha anche la possibilità di sanarlo. Tutto è legato alla voglia di essere gruppo, invece di individui non disposti a rinunciare a nulla a favore dell'altro, perdendo così la possibilità di essere sostenuti e di esserlo anche fuori di casa. Non abbiate paura di perdere il vostro valore per il fatto di amare l'altro. Non siate misantropi o narcisisti.

Se pensate che la famiglia succhi la vostra individualità e originalità, ricordatevi che è una impressione o una convinzione errata, poiché semmai stando con gli altri definirete meglio voi stessi, vi percepirete più precisamente per quello che siete e per quello che le vostre potenzialità, la dotazione della vostra personalità, sono in grado di fare.

Sono lontani i tempi in cui si credeva che le capacità del singolo fossero una caratteristica stampata per sempre dentro ciascuno. Un individuo è certo legato alle sue doti biologiche, genetiche, ma dipende anche dalle esperienze che fa e persino dal luogo in cui vive, dalle relazioni che stabilisce. Le nostre doti non sono chiuse dentro una scatola che ci portiamo fatalmente dietro, ma sono una continua ed enorme potenzialità che ha bisogno di esperienze e di un ambiente in cui manifestarsi. E l'ambiente familiare è una condizione, un fattore per mostrarle, per far sì che esse siano.

Noi abbiamo bisogno degli altri per essere noi stessi. È una idea di difesa misantropa pensare di doversi tenere lontano dagli altri per non venirne contaminati e non poter così espletare tutta la preziosità che conteniamo, come si fosse un forziere di brillanti e di *grandeur*. La famiglia lascia spazi per il proprio privato, per pensare a se stessi, per percepirsi in una dimensione unica, ma un conto è trovarsi in un'isola, un altro farsi isola sapendo di essere dentro una famiglia e, in maniera più allargata, parte di un mondo fatto di uomini e di stimoli umani.

Il creativo vive in mezzo al mondo. Gli stimoli a creare, le motivazioni a fare li assume dagli altri, dall'essere nel mondo e quindi dal viverci dentro. Gli altri sono l'humus per liberare doti che altrimenti rimarrebbero sepolte e per questo ogni opera dell'uomo, anche la più sublime, risente del tempo, è calata nel tempo e quindi tra gli uomini.

Analogamente trovo assurdo voler definire un tempo per sposarsi o per creare un insieme familiare, per trovarsi una compagna o un compagno con cui costruire un legame e un ambiente umano per generare e crescere figli. Trovo assurdo aspettare, pensare prima alla carriera e realizzarsi sul piano della singolarità. Idee che contengono la percezione dell'insieme familiare come negativo per la propria individualità.

Quando si sente forte il bisogno dell'altro, quando si è attratti da un progetto di famiglia, è tempo di costruirla anche se si presentano delle difficoltà concrete. I sentimenti devono trovare spazio sempre e non vanno sacrificati e resi asfittici dai progetti dell'attesa di un domani più propizio, quando lo stipendio sarà più adeguato. La voglia di diventare padre o madre, di stare con una persona che è fatta per te, non può attendere. Non può aspettare il prossimo anno quando sarà possibile sostenere la spesa di un pranzo di nozze.

Analogamente non aspettate un tempo economico propizio per fare un figlio; programmatelo non sulla base dei conti economici, ma semmai di quelli affettivi. Sulla intensità del desiderio di dedicarvi a una nuova vita che voi fate e che voi contribuite a crescere.

Sulla società della pianificazione economica bisogna innestare con priorità la logica degli affetti, poiché senza affetti anche l'economia diventa difficile o ancor più difficile.

È sempre tempo per amare, è sempre tempo per prendere moglie o marito. È sempre tempo per fare un bambino. Basta averne voglia e sapere programmare il proprio essere padre o madre che sono funzioni umane prima che espressioni di valuta pregiata. Guardate ai sentimenti, non alle quotazioni della Borsa.

La famiglia non è una dissipatrice del tempo.

È comunque auspicabile che a casa ci sia uno spazio per stare anche soli, per dedicarsi ad attività del singolo, ma non deve trattarsi di una cella di isolamento, bensì di uno spazio privato che permette di ritornare subito nel clima dell'*ensemble*.

È utile avere un luogo per provare il violino e per preparare la propria parte prima della performance.

È bellissimo stare insieme, serenamente, non c'è nulla che sia altrettanto appagante ed è bene che il tempo degli affari e del lavoro sia fuori casa.

Non sono entusiasta del lavoro a domicilio, e provo compassione ogni qualvolta sento che un padre o una madre si porta il lavoro a casa e che quindi trasformerà la casa in un ufficio e sarà tutto preso dalla logica del lavoro invece che dal gioco dei sentimenti familiari.

Sono consapevole che l'amore sviscerato per il lavoro che trattiene fino a sera tardi o persino a notte fonda in ufficio, più che un bisogno per risolvere i problemi d'impresa o il traffico di carte, è una fuga dalla famiglia. Si sta in ufficio dove ci si sente più importanti, stimati e realizzati, al confronto di una posizione familiare in crisi. Anche portarsi il lavoro a casa significa fuggire dalla famiglia pur condividendo lo stesso spazio.

Questo vale anche per una scuola insana che dà i compiti a casa fino dalle elementari. E finisce sempre che i compiti del figlio condizionano l'attività dell'insieme familiare e, nel migliore dei casi, la mamma si trasforma in maestra che ascolta la ripetizione della campagna d'Italia di Napoleone e poi controlla gli esercizi di matematica. La scuola non deve prolungarsi a casa, deve anzi impedire che si studi e si facciano compiti invece che vivere la famiglia.

Carissimi, lo sapete bene che una epistola non è un manuale sistematico, segue i sentimenti e anche le impressioni del momento e ora, mentre trascino questa vecchia penna che intingo in un calamaio della mia storia passata, sono davanti a uno spettacolo straordinario. La baia di Inverkirkaig questa mattina mi porta un senso profondo di malinconia e penso alla tua famiglia in burrasca e mi chiedo se la famiglia sia naturale oppure un'invenzione dell'uomo. Un tema eterno, forse inutile almeno per la pragmatica dell'esistenza.

Io so che in Natura si trovano le unioni più diverse.

Esempi di monogamia e di poligamia, di insiemi all'insegna della cooperazione tra pari oppure dominate da un capo che si impone sui ranghi inferiori. Negli insetti ci sono gerarchie che definiscono operai e regine con tanto di guardie del corpo e soldati.

Nella lettura del variegato libro della Natura, il primo elemento che appare e che sembra incontestabile è l'imperativo della procreazione, quel bisogno di sopravvivere e di continuarsi nel tempo attraverso individui che portino anche la propria impronta.

Ma sarebbe un errore pensare che tutto si leghi alle necessità del sopravvivere, poiché all'interno del sistema che lo garantisce c'è spazio per il gioco e quindi per azioni che non sono, almeno direttamente, legate all'imperativo primario del vivere e dell'opporsi a morire come individui e come specie. Se si osservano i primati, si rimane meravigliati per la quantità di comportamenti singoli e di gruppo che non hanno nulla di essenziale alla vita, ma servono soltanto a rinsaldare il legame e dunque a rendere utile e persino piacevole lo stare insieme.

Insomma, la famiglia pare suggerita dal procreare, che significa per il maschio anche difendere la femmina in gravidanza e poi il neonato incapace di vivere autonomamente, ma anche dall'imperativo sociale di rendere piacevole lo stare insieme e quindi di promuovere comportamenti di socializzazione.

Nella specie umana si è verificata la perdita del periodo di calore, della produttività periodica della femmina. La donna è sempre prolifica, e questa caratteristica biologica rende la procreazione un ciclo continuo e richiede che il maschio sia continuamente impegnato nei suoi compiti.

Se cade l'imperativo del *multiplicamini*, si indebolisce il legame, poiché svanisce il fine naturale per cui si pone. Se l'imperativo non è più il procreare, allora ogni legame si allenta e perde quanto meno di direzione.

Una società umana che abbia rinunciato a questo scopo primario e sia diventata sterile, sia pure per scelta, mette in gioco il legame stesso e rende impossibile la famiglia almeno nella sua stabilità.

Mi pare di leggere, da queste considerazioni, che un legame familiare è naturale se è dentro l'imperativo del generare. Non mi meraviglia che il legame matrimoniale come una pura modalità di stare insieme, sia destinato non a legare, ma semplicemente a consumarsi in un tempo breve. Diventa una pura decorazione dell'incontro tra persone, non finalizzato a proiettarsi nelle generazioni future.

E il matrimonio deve protrarsi nel tempo per rispondere ai compiti della educazione dei figli, per insegnare a vivere nel mondo difficile di oggi e in continuo cambiamento. E proprio per la sua stabilità non può fondarsi sulla follia dell'amore.

L'amore inteso come passione non risponde al bisogno dell'educazione e quindi di una solidarietà di coppia finalizzata alla vita del proprio figlio e che deve rispondere all'imperativo della sua sopravvivenza. La passione è transeunte mentre il tempo per l'educazione, lo abbiamo visto, è inarrestabile.

Sostenere che il matrimonio si fonda sull'amore passionale è una di quelle affermazioni da favola nata durante il Romanticismo e dunque piuttosto di recente.

Lo so che una simile affermazione appare mostruosa, ma a me sembra altrettanto mostruoso voler fondare un matrimonio su una sensazione, un sentimento acuto che dovrebbe non consumarsi mai e durare a lungo contraddicendo la stessa natura amorosa che è un impeto, uno stravolgimento in cui l'innamorato non vede che l'oggetto d'amore e aspira solo a starci insieme, riducendo a lei o a lui tutto il mondo: un vero delirio. L'amore è una malattia gravissima, per fortuna è transitoria e dunque passa, e se il matrimonio si fondasse sulla passione, certo passerebbe con il suo svanire. Tra lui e lei innamorati non rimane spazio per nulla e persino un figlio potrebbe diventare elemento di disturbo.

Si può accettare l'amore solo come il motore del matrimonio, come una fase di cui è meglio aspettare che cali l'intensità prima di celebrare l'unione. Altrimenti è consigliabile stilare un contratto di unione e uno di rottura.

I sentimenti che servono al matrimonio e alla sua stabilità sono altri.

In primis la *solidarietà* che significa senso di condivisione della vita con la propria moglie o marito. È un legame che non «scotta» e ha il vantaggio, rispetto alla passione, di essere duraturo e di accrescersi con il tempo, sul bisogno di stare vicini sempre più per poter scambiare il proprio aiuto.

Segue la *fiducia.* Un termine che ha la stessa radice di fede e quindi sta per fidarsi, credere a quanto si dice e si fa. Una disposizione a darsi a lei o a lui, sentirsi protetto perché l'altro è in grado di trovare soluzioni che servono a vivere. E la fiducia dà sicurezza.

È importante poi il *sentimento di riconoscenza* per avere ricevuto un aiuto essenziale. È parte della memoria dei sentimenti che richiama gesti, un sorriso, una carezza e che riporta, nell'evocarli, un senso di gratitudine, una emozione di piacere e di devozione.

La consapevolezza del matrimonio come storia condivisa lega ciascuno alla *piccola storia* di coppia e di famiglia, fatta di traversie, ma anche di gioia. Il legame con il passato che si fa attuale, mentre si guarda il viso della propria moglie, ora segnato dalla stanchezza e dagli anni, al cui confronto la bellezza di un viso liscio e virgineo è poca cosa.

E la gioia non è mai passione, ma senso dell'altro. La gioia è una sensazione mentale, non primariamente fisica e la si può provare con le lacrime agli occhi. Non scompare nemmeno nel dolore, se ti trovi accanto la persona che ha condiviso con te una vita lunga e difficile, che ti ha capito quando nemmeno tu eri disposto a farlo. Ti era vicina quando volevi morire perché ti sentivi sconfitto e lei ti sorrideva assicurandoti che ce l'avreste fatta. Una esperienza dove non esiste più il tu, ma il noi e se muori, anche lei vuole seguirti perché non si fida a lasciarti solo e lei stessa non sa stare senza di te. Sa bene che hai faticato a stare al mondo e figuriamoci cosa combineresti andando in un altro. Sarà fatto di Nulla, ma lei vuole esserci.

Alla stabilità del legame matrimoniale contribuisce la consapevolezza della *procreazione*, l'evidenza che tu e lei avete generato e aiutato i vostri figli a crescere in un momento in cui si contano più i pericoli scampati dei successi avuti.

I figli servono a mantenere il legame matrimoniale poiché formano famiglia. E guardandoli negli occhi vedi alcuni tratti della tua effigie, ma anche tanti della sua. Mostrano la gentilezza che lei vi ha impiantato e camminano con la leggerezza che tu hai sempre mostrato, per non sentirti eroe. Un camminare delicato e attento, sempre insieme a lei che si faceva via via più leggera e più soave. Guardando i tuoi figli vedi lei e non la puoi cancellare, trovi il suo volto scolpito dal tempo.

Non mi vergogno a dirvi che il suo volto mi attira più oggi di ieri poiché il tempo lo ha segnato della nostra storia che è anche quella dei nostri figli. Il suo corpo ora mi attrae più di allora quando tentavo di essere un piccolo guerriero.

Agisce anche il *sentimento della colpa* che, di fronte ai tradimenti (non esiste solo quello del letto), si attiva fortissimo. La colpa nasce nel confronto tra ciò che il singolo ha fatto e ciò che avrebbe dovuto fare e, dunque, tra l'essere e il dover essere, tra l'Io attuale, quello che ha agito, e l'Io ideale che esprime il come si sarebbe dovuto agire. Un confronto che il soggetto promuove dentro di sé e gli fa sentire l'autoriprovazione anche se la sua ragione o il mondo intero lo assolvessero. Da tempo faccio l'elogio della colpa poiché è uno strumento di bordo del comportamento. Il senso di colpa verso la famiglia.

C'è poi il *sentimento di appartenenza sociale* che si sradica nella rottura del matrimonio o si sostituisce con la menzogna che serve solo a darsi una ragione che non c'è.

Questo è l'insieme dei legami che sostiene il matrimonio, e non certo la passione o l'amore folle.

Ma ora devo dirvi, carissimi, che non appartengo a quella schiera di rigidi che non ammettono mai la separazione e quindi la fine di un legame. Ci sono circostanze in cui il legame giunge a farsi mortifero o a proseguire nel vicolo cieco della incomprensione e della violenza. Dunque, se non è possibile continuare, si devono accettare le conseguenze della rottura come male minore. Importante è non convincersi che rompere i legami sia una pratica indolore per tutti.

La separazione talora è necessaria, ma bisogna ricordare che tanto più la si ritiene possibile, tanto più facile è trovare la situazione insopportabile e più facile abbandonarsi ad azioni di divisione piuttosto che a gesti di riparazione e di continuità. E continuare non significa necessariamente rinuncia per sempre, poiché esistono riprese che sono incredibili e rinascite che sanno persino di completa novità.

Una società che accetta con facilità la separazione romperà un numero maggiore di matrimoni e in molti casi li romperà quando potevano continuare a funzionare, e bene, se si fosse speso a sufficienza per superare le difficoltà.

E io non vi parlo in nome di un Dio, di un credo di verità. Non ho una verità da raccontare e non un libro eterno a cui fare riferimento. Sono soltanto ancorato alla mia storia ed esperienza, e sono pieno di dubbi.

Sono guidato da questa terra, sono attento all'uomo per capire almeno un po' i suoi desideri e i suoi bisogni e per cercare di aiutarlo a essere umano e non violento. Convinto che questa specie strana, che sa accarezzare e con le stesse mani strangolare il proprio figlio appena nato, vada aiutata per meritare di essere una testimone adeguata al mondo e a questo mondo che può essere straordinario invece che luttuoso e dolente.

Io rispetto chi, credendo in Dio, pensa che Dio abbia istituito il matrimonio e che quindi non vi sia alternativa poiché alla verità non si oppone che l'errore. Io rispetto chi pensa che il matrimonio sia un legame eterno e che sia stabilito e forse guidato dallo stesso Dio. Un Dio che mescola la propria onnipotenza all'esperienza limitata dei suoi figli.

Io rispetto coloro che hanno sempre un senso da dare agli eventi e che sanno persino leggere la provvidenza nel dolore e nella sventura.

So che «non è sufficiente voler credere per credere» – lo affermava Pascal –, ma sono aperto a ricevere Dio a casa mia, magari qui a Inverkirkaig, un luogo degno delle vacanze persino del Signore del cielo e della terra.

Ma ho anche molto rispetto per quelli che come me non credono e cercano e si interrogano sulla bellezza e sulla violenza, sull'uomo e sulla storia sconfinata di questo cielo che si perde nell'infinito, senza limite di spazio, e che leggono i legami e il matrimonio dentro la Natura e dentro la Storia.

Le mie strategie sanno di questa terra e non voglio rifugiarmi nel cielo poiché mi piace stare qui, mi piace vagare per il pianeta in cerca di luoghi di serenità. Mi piace soprattutto viaggiare dentro l'uomo, nella sua mente che sa d'infinito anche se è fatta di carne che pensa e che pensa anche al suo stesso limite.

Talora sono preso dalla paura, e allora guardo questo oceano che si perde e sembra all'orizzonte farsi cielo per scomporsi nell'infinità delle stelle. E penso al mio nulla. In fondo amo il dubbio, la mia incertezza, il senso di impotenza e mi spaventano i potenti, almeno quelli della terra.

Questa è la mia fede, quella che deriva dalla mia esperienza di testimone del dolore e di persone e famiglie rotte. So che basta poco perché tutto si aggiusti, perché una famiglia cominci a realizzarsi.

Io non so fare teorie e tanto meno riassunti di verità, sono un uomo del dolore che sa che lo si può sedare e persino convertire in gioia. So che una famiglia in crisi può sorridere senza bisogno di miracoli, con un po' di comprensione e con lo sforzo di un passo, che magari è proprio da identificare in quel sorriso, in quell'attenzione per chi ora vive nell'attesa del rimprovero, mentre si dedica a te che gli sei accanto. Io so che la distanza tra il dolore e la gioia è di un millimetro e che lo si può percorrere con un piccolo gesto che ti faccia sentire che esisti. So che quel grido di morte si può mutare in un silenzio che contiene la speranza o in un gesto che non parla, ma è capace di animare e di far vivere. Un abbraccio, un sorriso bagnati di lacrime e tutto riparte e il cielo splende ancora e dalle finestre entra un po' di luce dentro il buio tetro della propria vita familiare e i figli ritornano volentieri in casa poiché sanno che il bar o gli amici della trasgressione sono tristi anche se meno della guerra di famiglia. E riparte la vita, la vita di famiglia, voluta forse dalla Natura, forse da un Dio, forse semplicemente dalle strategie del vivere e per vivere meglio dando un senso al mistero dell'esserci che comunque è fantastico rispetto al non essere mai stati.

E così il desiderio di morte si cancella e riprende il canto dell'esistenza e si comincia ad avvertire cosa sia la terra e cosa la terra qui in questa baia a Inverkirkaig, tra il canto di uccelli marini, l'incedere lento ed elegante degli aironi regali, il volo splendido dei gabbiani che si lasciano andare al vento con la fiducia di essere sostenuti e di potersi librare in volo per gioco, perché la vita è anche gioco e leggerezza e senso di appartenenza a questo mondo.

Auspico che il dolore che ottunde e rende impossibile vivere serenamente nella tua famiglia, lasci spazio per guardare al cielo e per guardare dentro l'uomo e scoprirlo e cercare di guidarlo perché le sue mani diano tante carezze e pochi schiaffi, perché la sua bocca reciti versi invece che maledire le persone di casa con cui si è stabilito un progetto di aiuto vicendevole per gioire di più. Voglio che la vita sia di serenità e che l'uomo elimini tutto il dolore inutile – quello che dipende dall'uomo –, che scompaia il dolore della famiglia – quello generato da quello stesso uomo che potrebbe riempire la casa di pace.

E per questo ho incominciato questa lettera, con la voglia di realizzare un sogno dentro casa tua. Senza la verità e soltanto con l'esperienza della fatica e della bellezza della mia famiglia. Con la sola consapevolezza del rispetto per l'uomo e per la famiglia.

Non ho mai cercato la grandezza perché ho visto

troppa grandezza senza umanità. Ma conosco le metamorfosi e non quelle delle favole soltanto, bensì quelle della realtà, e so che persino una epistola è uno strumento per raccontare ed evocare i sentimenti.

Talvolta, lo so, nulla promuove il cambiamento, e allora occorre accettare la rottura del legame, *obtorto collo.*

Sono profondamente convinto che il matrimonio non sia un contratto ordinario, non riguardi insomma lo scambio di cose, l'acquisto di un immobile, ma il vincolo tra due persone che ha come prospettiva di generare ed educare dei figli. Un contratto che va rivestito di sacralità.

Sì, carissimi, credo che si tratti di un incontro sacro e che questo sia il clima in cui debba essere condotto.

La sacralità è una funzione della mente, una sua esigenza ed è dunque strutturale e indipendente da un credo e dalla appartenenza a un Dio. Ad affermarlo è stato Rudolf Otto che nel 1917 ha scritto un libro, *Il sacro,* in cui lo definisce come una delle categorie della mente. Come esiste la categoria della razionalità che ha le proprie leggi nel principio di non contraddizione, per cui una cosa non può essere se stessa e il suo contrario nel medesimo momento, così esiste una forma della mente per il mistero, per ciò che non è riducibile a ragione. Se la ragione si occupa del *logos,* il sacro riguarda il *numinosum,* ciò che al contempo ci spaventa e ci attira. Ebbene, questo insieme, attrazione e paura, è il campo del sacro. E al sacro appartengono molti temi, la morte tanto per incominciare. Sacra è poi la vita, la sua origine e non solo quella di un bambino, ma anche la nascita di un fiore.

Se questo è il sacro, allora è chiaro che si differenzia nettamente dal religioso. La religione è la risposta al bisogno di sacro. Tutti avvertiamo la sacralità dentro di noi, ma non tutti rispondiamo allo stesso modo poiché le possibilità sono molte, perché molte sono le religioni e molti gli dèi. E si può appartenere al sacro e non a una religione.

Ebbene, il matrimonio è un contratto sacro e quindi va considerato e visto in modo particolare. Chi riduce questo vincolo ai criteri degli affari quotidiani che si consumano al mercato e che sono motivati dall'utile e dal guadagno, fa un errore e banalizzerà un legame che invece serve non a fare denaro o a ottenere successo, ma a vivere e a dare alla vita un senso, un senso dentro il mistero, poiché questo legame produrrà o può produrre la vita.

Il matrimonio è sacro proprio perché al suo interno ammette il mistero della vita.

Una delle caratteristiche della sacralità è il rito.

Non c'è cultura senza rito, non c'è storia umana senza una risposta al sacro.

E sempre il matrimonio si celebra, si fa cerimonia. Si celebra dentro il tempio di Dio per chi ha un Dio, o dentro una sala civica con un'autorità di questa terra, che lo consacra di fronte a tutta una comunità.

La nostra vita è piena di riti, basta pensare alla giustizia con la toga e persino con l'ermellino, all'università con la proclamazione di un nuovo dottore seguendo formalità proprie e antiche.

Tipico della cerimonia – in particolare del matrimonio – è di consumarsi in pubblico: quel legame deve essere noto a tutti, non solo perché attribuisce una nuova dignità ai singoli divenuti coppia, ma affinché sia percepita la sua esclusività e sacralità. Questa cerimonia ha bisogno dei testimoni, a rappresentare il popolo, a garantire che attraverso quelle parti sostanziali del rito tutta la comunità sappia che da quel momento lui e lei saranno una cosa sola in una unione allietata dal sorriso dei loro figli.

Io mi rammarico che oggi il matrimonio stia perdendo di sacralità e non si celebri più con la festa. Mi dispiace che sovente non venga nemmeno celebrata l'unione, e dunque rimanga in un certo senso «segreta». Provo pena per certe celebrazioni impoverite, non di lusso ma di significato. La morte del rito mi pare segni la fine del matrimonio.

Mi sono sposato nella chiesa dei Santi Nazario e Sauro e ricordo ancora le parole della liturgia del legame, quando monsignor Emilio Venturi ci univa e gridava al popolo che ne era testimone che chiunque avesse qualcosa da obiettare verso quella unione lo dicesse subito oppure tacesse per sempre.

Il rito è un evento che cambia le persone e dà un significato particolare agli accadimenti.

Una delle metamorfosi più chiare nel rito matrimoniale riguarda la sessualità. Con il matrimonio il sesso diventa un diritto e unirsi non è più qualcosa di banale o di ordinario, la procreazione riguarda tutta una comunità e il nuovo nato lo si presenta nel tempio, luogo sacro per tutti.

Una cerimonia ha poi dei simboli che ne sono parte integrante: l'anello che lei dà a lui e lui a lei, simbolo del legame e dell'appartenenza reciproca.

La sua origine risale a quando la donna era una conquista e in molte popolazioni primitive chi desiderava unirsi per sempre con una donna tracciava un cerchio per terra in cui la poneva, mentre lui si metteva all'esterno e impediva a chiunque la pretendesse di entrare a prenderla. Se qualcuno vi riusciva il presunto marito era spodestato e chi aveva vinto si poneva nella stessa posizione a difenderla di fronte ad altri. L'anello sta dunque per «mio», per «ti ho conquistato», e dunque «sei mia e di nessun altro».

Un altro simbolo è il bacio colombino, a indicare la penetrazione di un corpo nell'altro, non tanto nel senso erotico attuale, ma in quello originario: una modalità per passare il cibo dall'uno all'altra a garanzia di una sopravvivenza reciproca.

La penetrazione sessuale è un segno ben più importante e in molti periodi e civiltà avveniva davanti al popolo o alla presenza di testimoni.

Ma dalla celebrazione del vincolo occorre passare alla liturgizzazione della vita di famiglia. La famiglia come spazio del rito, come richiamo a una esperienza sacra e per questo veramente diversa da quella che si consuma in un contesto sociale differente. Ogni membro della famiglia assume al suo interno un comportamento che è proprio di quel consesso. Se manca la ritualità la vita familiare non si celebra, il tempo passa dimenticando il mistero che la famiglia contiene.

Un marito non può trattare la propria moglie come se fosse una donna qualsiasi, poiché quella è la donna a cui si è legato e con lei ha generato un figlio che ora stanno educando. Non può trattarla come una segretaria che serve a tenere in ordine l'agenda e a regolare il traffico delle telefonate e degli appuntamenti; non può ridurla a una collega di lavoro con cui produce oggetti al servizio di un imprenditore. Con la moglie non si è attivata una impresa d'affari, ma di sentimenti e il valore del sentimento si misura in maniera totalmente diversa.

E lo stesso vale per la moglie nei confronti del proprio marito, che non è *un* uomo, ma *il suo* uomo, non *un* uomo, ma *il padre* dei suoi figli, non uno con cui c'è un contratto a termine legato a quella operazione produttiva, ma uno con cui ha un piano di vita insieme, per sempre, poiché per sempre si pone il bisogno di portare a termine compiti che il matrimonio e solo il matrimonio ha attivato, come appunto la solidarietà e la unione educativa dei figli.

Molti di questi richiami si legano alla procreazione ed educazione e ciò riporta a quell'imperativo della Natura che sembra difficile da negare o quantomeno non appare facile farlo. Si può stare insieme anche perché è piacevole, ma con questo solo intendimento – poiché il piacere si consuma – il legame si rompe e si è pronti per un altro. Se è solo un legame tra corpi, segue i tempi di consumo degli organi. Scompare la persona che è l'insieme certo di un corpo, ma anche di una personalità e soprattutto di una storia della coppia e della famiglia quando ha incluso anche dei figli.

Un tempo eravamo preoccupati dal consumo degli oggetti, l'usa e getta, adesso dal consumo dei sentimenti ridotti a oggetti. Si è giunti a sostenere che è inutile sposarsi poiché significherebbe celebrare il matrimonio in attesa di celebrarne la fine, la separazione.

Il matrimonio è una storia talmente umana da meritare la qualificazione di sacra.

E per non dare l'impressione di volare troppo alto rispetto ai problemi angoscianti del quotidiano e di riferirmi a un *sancta sanctorum* invece che a una casa con i suoi mille problemi, voglio ora dirvi che la sacralità del quotidiano riguarda anche il modo con cui si entra a casa di ritorno dal lavoro.

È volgare, e dunque privo di sacralità, che il marito, aperta la porta senza nemmeno salutare, accenda il televisore e si apparti, si faccia ancora più assente magari dichiarando di non poterne più del lavoro e di quella vita. Manca in questo modo di rispetto, disconosce che a casa c'è colei che ha generato i suoi figli, che ha sofferto in passato quando lui stava male. L'ha cancellata, come se fosse trasparente, come non esistesse e non avesse fatto nulla tutto il giorno.

Antiliturgico è anche vederlo mentre si leva la cravatta e la butta da una parte, si leva la camicia per stare più comodo con solo una maglietta addosso. Comunica implicitamente che moglie e figli sono meno importanti di un qualunque suo collega con cui condivide in cravatta il tempo di lavoro.

Al contrario dovrebbe indossare un abito ancora migliore, chiudere il televisore se fosse acceso e comunicare con lei o con i figli cercando di mutare il proprio atteggiamento, poiché passa da un luogo, quello del lavoro, con uno scopo tecnico e razionale, a uno in cui si celebra la sua esistenza e il vero senso del suo essere uomo, poiché qui non è un impiegato, ma padre e marito.

Dovrebbe sedersi in poltrona a parlare con chi esiste e con chi costituisce parte dello stesso *ensemble*.

Lo so benissimo che la casa è invece la pattumiera dell'eleganza e dell'educazione, indice che si è completamente dimenticato che il matrimonio è un impegno sacro e prevede rituali precisi.

Come se un giudice togato scendesse in udienza in mutande o un sacerdote celebrasse la liturgia della santa messa in blue-jeans e maglietta. Razionalmente nulla osta, ma dal punto di vista liturgico non è ammesso e farebbero scandalo.

Quando torna a casa quel muratore è un padre alla stessa stregua di un avvocato e si trova di fronte a una donna che merita rispetto e affetto poiché ha dedicato la propria vita a lui e ai loro figli e comunque considera quella casa, per quanto piccola e di periferia, il luogo del comune esistere e la coltiva perché tutti si sentano bene. Non può essere trattata come una non-esistente.

Certamente, si può essere stanchi e delusi, ma allora si deve cercare di rendere partecipi del proprio dolore gli altri, non di ignorarli.

Mi indigno per questa volgarità proprio perché so che senza liturgie non si può vivere insieme e che dopo un po' tutto dà fastidio, soprattutto tenendo conto che le famiglie medie italiane abitano in spazi ridotti.

In sessanta metri quadrati è facile dare e darsi fastidio. Ma è possibile applicare le liturgie proprie del rispetto, della solidarietà, della gratitudine, della storia in comune, di tutti i sentimenti che abbiamo visto aiutare il legame e la vita della famiglia.

È possibile sorridere, atteggiare la mano a una carezza anche se si è tristi, e in tal modo quel mondo dentro casa si fa partecipe anche del dolore.

Invece, cadono i freni inibitori e allora le parole escono pescandole nella volgarità e persino gli sfinteri, che sono rigidamente bloccati in qualunque altro luogo, si aprono con una rilassatezza che sa di bordello. E magari in casa c'è un adolescente o una adolescente che avverte la famiglia come un modello sgradevole e si vede davanti un padre indecente invece di colui che sacralmente lo ha messo al mondo e gli vuole bene.

Se noi consideriamo la casa come il luogo dove possiamo sciogliere tutti i freni inibitori, allora oltre che perdere la decenza, l'eleganza e il controllo del linguaggio che giunge al vituperio e all'offesa, si cancellano i limiti su cui ogni vita sociale si fonda. E ogni istinto si fa cronaca e la casa diventa il luogo non dei sentimenti ma della istintualità.

Bisogna chiedersi, tornando a casa, come atteggiarsi per far piacere: per lei, per il proprio figlio. Questa è la domanda da porsi e va coniugata al femminile quando è lei a tornare mentre lui e i figli l'aspettano. Se faccio loro del male, finirà per riversarsi su di me.

Ma io non voglio soffermarmi sugli effetti del male, bensì cantare la grandezza del bene.

Fare del bene è bellissimo e costa poca fatica, anzi procura piacere. Se noi scoprissimo quanto è bello fare il bene, quale piacere se ne ricava, troveremmo insensato quell'atteggiamento duro nei confronti di tutti e quell'uso del dominio e dell'imperio, della imposizione che ostacola invece ogni comunicazione. La bellezza di rivolgere un sorriso, di stringere una mano, di abbracciare e di guardare il volto di chi è già impaurito e ora si distende e si rasserena.

Credetemi è bellissimo fare il bene. Sono giunto alla convinzione che fare il bene è una espressione del bisogno del singolo e per paradosso persino del suo egoismo.

Il bene delle piccole azioni. Un abbraccio, un apprezzamento, una consolazione, un richiamo per venire ascoltati su un momento difficile della giornata. Sentire lei o lui che minimizzano perché per una famiglia sono altri i significati e dentro il senso della vita e della vita in famiglia quell'accadimento subito si scioglie e perde di drammaticità.

Certo, non sempre si trova una casa in ordine, un luogo dove immediatamente rilassarsi, ma si può e si deve favorire la serenità che è un grandissimo valore.

Sono vecchio e provo più soddisfazione a dare che a ricevere, sono più contento nel consolare e nell'elogiare che nel ricevere elogi. A casa sento la voglia di sottolineare quanto io debba a loro, cosa rappresentano per me, non solo quando sono presenti, ma anche quando li porto impressi nella memoria che ha il vantaggio di rendere presente il passato e ciò che ora è assente.

Amo fare il bene anche se so che in una società dell'odio non è facile. Il piccolo bene che non ha bisogno di portafoglio, ma ancora di un sorriso, di un segno di rispetto, di un messaggio silenzioso di considerazione.

E allora come si fa a giungere a casa con il muso e far sentire morti coloro che invece da te aspettano affetto? Non è possibile che i propri familiari siano quelli che subiscono ingiustizia e dolore.

Bisogna fare il bene e imparare a farlo in casa e poi esportarlo dappertutto perché c'è troppa violenza in questo mondo ed è insopportabile constatarlo quando si sa che potrebbe dominare la gioia di vivere e la bontà. È tempo di operare il bene, di fare della famiglia il luogo del bene, della soddisfazione.

Ora capisco quel passo del Vangelo secondo cui facendo il bene si sarà ripagati settanta volte sette e so che non bisogna aspettare la resurrezione della carne: accade in questo mondo e può accadere nella vostra casa. Amo questa terra, quest'uomo, anche se deve cambiare; lo amo perché può farlo e basta poco. La strategia del bene è più semplice di quella della conquista dei mercati e del successo.

Sogniamo insieme un umanesimo, un umanesimo colorato di bene.

Carissimi, finora ho parlato della famiglia, della mia e della vostra, tratteggiando alcune sue funzioni e definendo il clima che dovrebbe caratterizzarla. Ma adesso è tempo di entrare nell'àmbito del quotidiano, poiché la mia convinzione è che le difficoltà, fino agli orrori di cui casa e famiglia sono teatro, siano da legare a piccole motivazioni anche se in grado di innescare reazioni distruttive. Insomma, non si capirebbero le difficoltà della vita familiare considerandole in generale, ma solo entrando nel dettaglio e nella prassi di tutti i giorni. Non servono i teorici a migliorare la vita della tua e della mia famiglia, ma le analisi dei piccoli eventi e delle cose minime. Seguiamo la dinamica di una giornata.

Siamo dunque al mattino, è ora di alzarsi e con il risveglio la nostra mente si colora sovente di tenebra, non solo perché la vita è difficile, ma perché è all'insegna delle preoccupazioni e di una sorta di lotta in cui è facile venire sconfitti o comunque non mostrarsi all'altezza della situazione. Senza contare che ci troviamo a svolgere mansioni e a occupare ruoli che non riteniamo mai i più adatti e commisurati alla nostra dimensione. Ognuno di noi deve poter valutare la distanza tra la vita desiderata, sia pure senza svolazzi assurdi, e quella consumata, quella che si consumerà anche il giorno che è appena incominciato. E si deve aggiungere che quasi sempre ogni giornata è caricata di arretrato e del bisogno di recuperare del tempo.

Il risveglio è anche lo specchio del nostro temperamento e, se siamo tendenzialmente giù di morale, diventa un'impresa alzarci e soprattutto molto difficile trovare le motivazioni per metterci in moto con la speranza che tutto andrà bene, anzi *finalmente* bene, non come il disastro di ieri. Se poi siamo depressi, abbiamo fatto fatica ad addormentarci e alzandoci accusiamo una sonnolenza che si rivela come il tentativo inconsapevole per sfuggire a un mondo che non ci piace e per il quale ci sentiamo totalmente inadeguati, come se fossimo capitati su un altro pianeta, tra gente cattiva a noi indifferente, che non ci piace affatto.

Certo, diversa è la situazione se sei un iperattivo, un ottimista, e pensi che il mondo senza di te si fermerebbe e che, tutto sommato, sei un piccolo portento che è bene si prepari e si mostri. Se è così, significa che la sera non avevi voglia di coricarti presto perché senza di te gli amici non potevano divertirsi o gli spettacoli televisivi senza te come spettatore sarebbero andati fuori programmazione: in ogni caso sei stanco e avresti bisogno di dormire, e invece ti devi alzare e devi andare di corsa in bagno, ma è già occupato da un altro familiare che di solito si alza dopo di te, ma non quella mattina. È inutile chiedergli per quanto ne ha, poiché non aspetta altro per dare una rispostaccia sulla base del suo temperamento.

Le combinazioni sono le più varie e aumentano con il crescere del numero dei familiari. Se si incontrano, per portare lo scenario all'estremo, due depressi o due maniacali, oppure un maniacale e un depresso, succedono cose da manicomio. Uno manda in bestia l'altro e la scena concitata richiama il saggio di famiglia che, con quella sua voce astrale, suggerisce di star calmi che tanto il mondo va avanti lo stesso e invoca il buonsenso. Insomma attorno a la *salle de bains*, sempre e in ogni combinazione di personalità, nasce una tragedia con monologhi che sanno da Cassandra.

E si giunge ogni mattina a sognare una casa con tre bagni, osservando che la sala da pranzo è inutile, poiché nessuno mangia più insieme agli altri e in quella famiglia non si invita mai un ospite.

Sono convinto che occorra un'autorità, un «giudice di pace» che detti tempi e sequenza di ciascuno al cesso. Uno che sappia bene che non si può applicare una giustizia teorica perché il padre soffre di prostata e appena esce sente l'impellente bisogno di rientrare. Uno che conosca bene la difficoltà di un adolescente di staccarsi dallo specchio quando ha un brufolo che gli deturpa la guancia. Un brufoletto che all'analisi dello specchio parabolico, che ingrandisce tutto, appare un cratere di vulcano. Chiede aiuto disperato alla madre che afferma di non vedere nulla e lo manda in bestia perché interpreta quella negazione come consolazione, come una negazione da eccesso di evidenza, una sorta di misericordia che lui odia perché meglio la dura verità alla menzogna ingannevole. Nasce una diatriba di vita e di morte, mentre fuori c'è ancora chi non è potuto entrare.

Le attese e le corse dentro il bagno si intrecciano con la colazione. Non si immagini una cucina in cui si è seduti tutti in tranquillità con un cameriere in giacca bianca che serve il tè con eleganza, come si vede al cinematografo. Succede che l'acqua che avevi messo a bollire l'ha usata un altro che ringrazia per la gentilezza mentre sei certo di venire preso in giro e di poterti rifare solo l'indomani mattina. C'è poi il caos tra il decaffeinato di lei e invece un caffè doppio che vuole lui e che beve sempre lei, sostenendo che la caffeina fa male, mentre lui che ha bevuto una cosa orrenda che richiama la cicoria, afferma che senza caffeina non potrebbe vivere. Nella fretta uno ha preso il pane integrale di lui e ora strilla come un matto ribadendo che lui mangia solo pane di malto puro, macinato su vecchie ruote di pietra mosse dall'acqua incontaminata di un mulino su un torrente di montagna.

Insomma, tutti escono di casa sbattendo la porta, uno alla volta e di corsa, senza salutare e sembrano tanti nemici che non si guardano nemmeno in cagnesco, poiché a quel punto vogliono solo ignorarsi e si augurano di non incontrarsi mai più.

Non possiedo la formula per risolvere un simile ed eterno problema. Penso soltanto che sarebbe funzionale separare il gabinetto dal bagno vero e proprio, perché permetterebbe di risolvere contemporaneamente una duplicità di cose. Sarebbe poi opportuno limitare il mattino a interventi estetici rapidi.

Mettere in atto una strategia che tenga conto dei bisogni di tutti e che deve essere programmata. Non sarà sempre seguita alla perfezione, ma permetterà di evitare i litigi, le urla recepite anche dai vicini.

Occorre pianificare la colazione in modo che non si scappi dalla cucina, ma sia possibile scambiare due parole, accennare a un sorriso, prevedere una programmazione di massima sul ritorno a casa, sugli impegni, in modo da poter pensare a qualche cosa che coinvolga tutta la famiglia. Bastano pochi minuti per guardarsi in faccia, per togliere parte di quel nero proprio dell'umore, per uscire senza la rabbia che si traduce in una velocità forsennata, nel saltare i semafori, nel rischiare una multa che aggraverebbe un umore che è già da funerale. E tutto perché non si è trovato il tempo per uno scambio di battute umane, cancellate da urla di qua e di là della porta di un bagno.

È vero che ogni cosa risente di come è preparata e sarebbe veramente bene per la propria serenità e quella di tutta la famiglia dare un tono liturgico a questo inizio di giornata, come si trattasse di un mattutino e di una sorta di ringraziamento per un risveglio che, per quanto affannoso, ti fa trovare non solo il bagno occupato, ma anche persone di famiglia che hanno un comune senso dell'appartenenza alla stessa casa.

Insomma, anche una liturgia fondata sulla colazione ha un significato e promuove un clima familiare e non quella confusione da bordello, dove la fretta e la congestione impediscono di percepire la individualità degli altri come parte della stessa famiglia e il proprio esistere non come un peso ridotto all'occupazione, più o meno fuorilegge, di una toilette.

Nel corso della quotidianità vogliamo subito giungere al rientro, a quel momento in cui un componente la famiglia ritorna a casa. È una circostanza ancora più pericolosa del mattino poiché si accompagna sovente a un ritorno carico di irritazione, di frustrazioni che tendono a liberarsi, non avendo potuto farlo in precedenza. Ora si scaricano alla prima occasione, al primo pretesto.

È stato dimostrato che le baruffe in famiglia sono particolarmente frequenti entro la mezz'ora dal ritorno a casa del componente che attiva la lite. Come si arrivasse carichi di energia che si libera, alla maniera dei temporali, a casa dove si allentano i freni inibitori che non hanno permesso di buttarla fuori sul lavoro o di fronte agli amici. E può accadere che un comportamento sul lavoro, definito addirittura esemplare, per saggezza ed equilibrio, venga completamente smentito a casa, dove la stessa persona si dimostra un attaccabrighe, pronto a litigare per un qualsiasi motivo importante o banale, ammesso che ne esista uno tale da giustificare una lite che, nel migliore dei casi, quando non rompe il corpo lascia ferite nella personalità.

È il comportamento a doppia velocità. In quella mezz'ora basta un nonnulla, ogni sciocchezza può essere sufficiente per buttare fuori qualche rospo. E la vittima designata di solito è la moglie che assume le vesti del bersaglio, al posto di chi ha veramente generato frustrazione e rabbia inespresse: il capo ufficio, un collega sgarbato, un lavoro deludente, un pagamento non avvenuto. A casa, poi, si portano solo le delusioni mentre, passati al bar, gli amici sono stati deliziati dal buonumore e dal racconto di una barzelletta gustosa.

C'è poi il rientro da scuola del figlio. Per lui tutto è andato bene, ogni cosa è a posto, in particolare perché non ci sono compiti e la professoressa non ha nemmeno assegnato letture o capitoli di storia da studiare: il tempo per pranzare e poi fuori con gli amici fino a sera. Ma questa volta è lei, la madre, a voler controllare il diario e lui lo estrae dalla cartella con uno slancio olimpionico, ben sapendo che da un po' non scrive più niente che possa ostacolare un pomeriggio di gioco, da quando proprio lei ha cominciato a mettere il naso in cartella. Insomma ha voluto la prova? La prova mostra che ha detto la verità e sapendo di aver raccontato una bugia ben congegnata è persino seccato di non essere creduto. Lei, infatti, non si fida e telefona di qua e di là e alla fine riesce a scoprire che il figlio ha mentito e allora succede il finimondo, non tanto perché lui ha tentato di saltare un dovere legato alla scuola, ma perché con quel comportamento ha mancato di rispetto alla madre, che gli dedica gran parte della propria esistenza. È seduto al tavolo dei compiti, tiene aperta la pagina e pensa agli amici e alla disgrazia di una madre che non si fida del figlio e che per questo lo ha reso bugiardo.

Se invece succede che il figlio, di ritorno da scuola, non parla e si ritira nella propria camera, parte una storia infinita che termina sempre in tragedia. Cosa è successo? perché non parli? è meglio che tu mi dica anche il peggio poiché nel silenzio la mia immaginazione vede ancora più in là.

E mentre il silenzio continua, la madre proietta nella propria mente un film dell'orrore con protagonista proprio lui, il figlio.

Lui è semplicemente triste perché si vede diverso dagli amici, ha visto il pube del compagno e c'era attaccato un affare al cui confronto il suo gli è sembrato nulla.

Avrebbe solo voglia di chiudersi in camera perché gli sembra di non essere dotato delle qualità per stare a questo mondo, e non uscire più.

Anche pranzo e cena sono motivo di difficoltà e di lotta. Non è facile oggi preparare un pranzo, il cibo non è più una grazia, ma un dilemma e un grave problema. Ideale sarebbe non mangiare e, semmai, quel poco dovrebbe recare il minor danno possibile al fegato, alla pressione del sistema vascolare che è all'origine di disastri come gli infarti e gli ictus. E la colpevole è sempre colei o colui che prepara il cibo e lo offre in un momento di grande appetito quando la coscienza della dieta e il senso di colpa per trasgredirla sono al minimo. Appena finito il pranzo, riappaiono in tutta la loro forza di condanna e il giudizio va naturalmente a chi ha presentato quella tentazione, come il serpente nel paradiso terrestre.

Io lo so, carissimi, di legarmi a piccole cose e di raccontarle con un po' di ironia, un nulla rispetto a tutto quanto può capitare a una famiglia. Bisogna però ricordare che i drammi non sono proporzionati alla consistenza dei problemi, ma a come vengono vissuti e quindi alla colorazione che ciascuno vi conferisce. E se all'esterno appaiono banali, per chi li prova sono questione di vita o di morte. Per capirli occorre mettersi in quella visione e provare a viverli con la stessa tonalità. La loro dimensione è quella del vissuto e quindi della percezione non solo personale ma di quel momento, fatta di paure, di angosce.

Il riferimento giocoso, dunque, non è da commedia ma semmai da tragicommedia, e in questo genere rientra il dramma del cibo, la società della leggerezza dove tutti vogliono avere un corpo sottile come quello di un angelo, o meglio di una top model.

Ormai va di moda digiunare. Meglio che la tavola sia sempre vuota – mattina, mezzogiorno e sera – e semmai che ci sia qualcosa in frigorifero capace di fare schifo. È questo l'ideale culinario di una famiglia che non vuole inserire difficoltà al proprio vivere e a una coesistenza pacifica ed equilibrata.

Nel quotidiano, poi, tutti i santi giorni, la famiglia deve tenere conto di un personaggio fisso, di un folletto che c'è anche se non si vede e al quale vanno immancabilmente i nostri pensieri. Un componente obbligato: il denaro.

È il personaggio più ambiguo di tutto il teatro familiare. Qualche volta c'è, ma lui, il marito, non lo mette in scena, o è lei, la moglie, che quando c'è lo sperpera. E si discute sul denaro che non c'è ma c'era perché lui o lei lo ha dato regolarmente e poi qualcuno lo ha speso e non certo per il mangiare poiché tutti digiunano, anche se si spende una cifra astronomica in digestivi.

Insomma, siamo al «te li ho dati e dove li hai spesi?» e comincia una ricerca per sapere dove sono andati a finire e lei non si ricorda, anche se a poco a poco le viene alla mente la bolletta della luce esosa e allora: «Chi consuma tanta luce? Chi guarda la televisione? E poi il telefono».

E se i soldi finiscono, sono a rischio le vacanze: «Non ce lo possiamo permettere», e questa sentenza causa un disastro emotivo, una sensazione di morte. E si fa il confronto con *Destiny 27*, la saga di una delle famiglie più ricche d'America che mai, in nessuna delle settemila puntate, ha mostrato di essere a corto di denaro. Il denaro è un personaggio obbligato quando c'è e, ancor più, quando proprio non c'è. Assomiglia al demonio, anzi il denaro è il demonio, la sua carta d'identità.

Si è valutato che i discorsi familiari al sessanta per cento riguardano il denaro in modo diretto o indiretto. Se si discute di vacanze, nell'ombra c'è il denaro disponibile. Se si parla di eleganza e di moda, nelle «sottovesti» si nasconde il denaro e il suo limite. Un tema su cui occorre un po' di ironia per non trasformare l'uomo in una banconota o in un vigilantes delle casse di casa. L'ironia è un segreto della tranquillità e del clima sereno all'interno della famiglia. Non è prendersi gioco di situazioni serie per evitare di assumere decisioni opportune, l'ironia presuppone la comprensione precisa dell'evento e la capacità di non aggiungervi un vissuto che lo renderebbe mortifero, capovolgendone il senso e anche la gravità.

Qui a Inverkirkaig il denaro perde la propria dimensione. Qui non c'è nulla se si esclude un negozio per il pane, un posto dove poter comperare del pesce. Certo, tra non avere un penny e possedere cento sterline c'è una grande differenza, ma possederne cento o mille, qui non cambia nulla. Si vive con poco e manca il senso di tutto quanto serve a decorare la sopravvivenza.

È chiaro che raggiungendo Ullapool a trenta miglia di qua, una comunità di mille abitanti ma che accoglie turisti, la dimensione del denaro cambia. Se poi se ne percorrono centoventi e si arriva a Inverness, che conta trentamila abitanti, allora si avvertono le differenze sociali e appaiono i simboli della ricchezza che definiscono per confronto la povertà e gradi diversi di disponibilità in denaro. E ancor più se si va a Edimburgo e poi a Londra, dove il denaro crea il lusso e dove conta il totalmente inutile alla vita, anche se la condiziona. L'inutile come necessità di appartenenza sociale.

Di uno stipendio medio, l'ottanta per cento viene speso per cose o servizi che non sono utili all'esistenza, intesa come approvvigionamento di beni essenziali a vivere. Gran parte va in assicurazioni, poiché la nostra è una società spaventata e allora paga per un futuro incerto, tanto incerto da non prevedere più nemmeno la speranza. Un futuro peggiore del presente che richiede investimenti. Poi bisogna pensare alla vecchiaia in una società dell'abbandono.

Molto denaro va nell'abbigliamento: un gioco di eleganza senza più nulla di funzionale. C'è poi una spesa incredibile in prodotti per la bellezza, sia femminili che maschili.

Ecco il destino del denaro. Qui a Inverkirkaig il denaro non condiziona la vita e non se ne parla mai.

Carissimi, desidero invitarvi a contenere il ruolo e l'importanza del denaro nella famiglia, poiché sono convinto che, entro certi limiti, non sia la quantità il vero problema, ma il senso che ha acquisito nella dinamica delle relazioni familiari fino a togliere ogni altro senso o renderlo vassallo del denaro. E ancora una volta non c'è alcun moralismo in questo mio invito, né la coerenza con una verità professata, ma il semplice rilievo empirico che sulla quantità non si giunge mai a una soluzione. Si sposta continuamente il bisogno facendo sì che quella che pareva la quantità ideale, capace di rendere tutti sereni e felici, ora è insufficiente. Insomma, il denaro è una droga e, come ogni sostanza che dà dipendenza e rovina l'esistenza, presenta il fenomeno della tolleranza per cui è necessario oggi usarne una quantità maggiore per ottenere lo stesso effetto che si aveva ieri. L'altra caratteristica è che non si vive più senza droga, poiché tutto il mondo è dentro una bustina di sostanza, legata per analogia alle banconote.

Occorre che la tua e la mia famiglia si disintossichino, non guardino più al mondo attraverso una banconota e si stacchino da questo limite, cercando significati che non siano denaro-dipendenti. Solo così la vita in famiglia perderà uno dei condizionamenti più asfissianti. Del resto, ogni dipendenza è triste, sempre rovinosa al di là dei temperamenti e delle interpretazioni. La schiavitù dal denaro è un dramma per la vita familiare e per i sentimenti che la tengono unita.

Sono un entusiasta delle correnti del minimalismo, di quanti amano vivere riportando le necessità alla sopravvivenza, che costa poco, e poi lasciare il resto fuori dal condizionamento dei soldi e dare spazio ai sentimenti umani che non sono stati creati come beni di consumo economico e che semmai sono complicati dalle borse monetarie.

È questo lo stile vincente: garantire i diritti e i bisogni della sopravvivenza in questa società, e poi fare scelte che non siano all'insegna del quanto e del quanto denaro. Così si libera il campo familiare da una mina che vaga e che sovente deflagra.

Le discussioni e le baruffe, dunque, si impongono spesso in famiglia e ad analizzarle bene sembra che accadano indipendentemente dal tema che le regge, come se il loro motore fosse dentro i singoli o, meglio, parte delle loro relazioni poco serene o decisamente disturbate. Ci sono casi in cui la baruffa si fa continua e finisce per diventare parte dell'attesa, come se fosse dentro la struttura della famiglia e, sia pure dolorosamente, servisse a tenerla in piedi. E così le baruffe vengono tollerate.

Esistono donne colpite da una dose di violenza quotidiana che, se per caso qualche giorno non arrivasse, se ne preoccuperebbero come se il cambiamento volgesse al peggio. Ci sono bambini presi a schiaffi ogni giorno e nemmeno più piangono per il dolore, ma finiscono persino per sorridere, credo amaramente, come se fosse la verifica di un'attesa. E poiché l'unica manifestazione nei loro confronti da parte del padre o della madre è la violenza, il suo verificarsi è preso come segno di interessamento e, se tarda a venire nella giornata, se ne fanno promotori più o meno consapevolmente. Situazioni tristi che io spero non accadano nella tua famiglia e che comunque, nella forma estrema in cui le ho evocate, sono segno della incapacità di una comunicazione costruttiva, ridotta invece all'imperio. Oggi sappiamo che è questa l'origine di molta violenza e di comportamenti di disubbidienza dei figli: richiami estremi per ottenere l'attenzione, poiché le sberle sono pur sempre un rapporto, mentre l'essere ignorati sa di morte, che è peggiore della violenza: le liti come unica espressione di unione.

Le baruffe non mi spaventano invece se subito dopo se ne riconosce l'orrore e alla inimicizia si sostituisce la fedeltà e la necessità l'uno dell'altro e dell'insieme familiare per tutti.

Il dramma sono le baruffe senza nessuno che chieda scusa, senza un dispiacere. Le baruffe accompagnate da mutismi tremendi, con le persone che vorrebbero rompere il ghiaccio, ma non lo fanno e così si percepiscono corpi che sanno di pietra e che si teme di risvegliare per non provocare nuova baruffa e maggiore danno.

Sostengo che oggi i legami familiari si rompono con troppa facilità, come se tutto fosse sostituibile e nulla vi fosse di essenziale, ma non posso non ricordarvi che ci sono anche legami che appaiono incapaci di rottura, come se fossero prigioni da cui non si può scappare e nemmeno si pensa di poterlo fare. Il legame matrimoniale come destino intoccabile di cui occorre sopportare tutto quanto accade, è una condizione altrettanto inaccettabile e non dico che in questi casi si impone la separazione, ma non è ammissibile che ci si rovini ogni giorno, vivendo il dolore della vittima designata, ma anche quello del carnefice e allora bisogna operare perché questa meccanica si rompa e termini una condizione familiare assurda.

Io credo che la forza del legame matrimoniale stia nella dichiarazione continua e silenziosa della propria indipendenza e della propria possibilità di continuare autonomamente a campare, anche se contro i propri progetti e desideri. Una donna o un uomo che manifesti un legame senza il quale non saprebbe nemmeno muoversi, esprime una passività deleteria che apre la porta alla violenza e alla sopraffazione del più forte.

Ognuno deve saper vivere anche al di fuori del gruppo familiare e dichiararlo dà forza alla dignità di ciascuno. Vuole suonare in quel gruppo, ma se non è possibile, sia pure a malincuore e con le lacrime agli occhi, cercherà un altro complesso oppure farà il solista. Questa è la sola posizione che garantisce la dignità della persona. In una famiglia occorre mostrare che non c'è spazio per la sopraffazione e che non si è disposti ad accettarla, qualsiasi sia il prezzo da pagare. Se uno si mostra succube e legato, non importa come e con quali manifestazioni, diventa vittima.

Quando analizzo i casi di violenza cronica, sono subito richiamato dal dolore della vittima, ma penso anche alla sua responsabilità che sempre si centra sulla rinuncia al proprio valore, all'autostima, per mantenersi braccata dentro quel luogo.

Racconti di cui è piena la storia passata, quando il marito dominava la scena e lei era un oggetto disponibile e silenzioso, con il compito di capire tutto, dalla infedeltà alle percosse inferte da un marito magari in preda al vino, ma tutto comunque dentro il conto del legame e quindi legittimo. Occorre che la donna, ma anche l'uomo e persino i figli, da quando sono capaci di autonomia decisionale, sappiano dare senso alla famiglia, ma nello stesso tempo che, passati certi limiti, ciascuno se ne vada e se ne vada anche per non portare al degrado chi svolge il ruolo di carnefice.

Vedere una moglie picchiata suscita ribellione, pena, ma al contempo osservare persone, magari con una cultura e un ruolo sociale superiori, che picchiano la moglie o i figli suscita in me altrettanta pena.

Occorre far sentire che la propria presenza è un valore, ha un senso e che il significato dell'esistenza e dello stare insieme non possono promuovere degrado. Una moglie o un figlio picchiati non servono più a nulla, si riducono a oggetti di sfogo; meglio allora farlo su una bambola di pezza, non su un uomo o su una donna. La famiglia è il luogo dei legami, dei legami sentimentali che ammettono variazioni, sia nella specificità delle relazioni sia nella intensità della partecipazione, ma non è ammessa la violenza. La violenza non è un legame, poiché ogni legame si fonda prima di tutto sul rispetto umano e poi su quello del ruolo familiare, e non si può rompere una persona. Nessuna condizione umana deve portare a perdere la propria dignità e, se la si perde, non si è dentro un matrimonio ma fuori dall'umanesimo.

Non si può e non si deve accettare una condizione che distrugga l'uomo o la donna, crolla ogni possibile storia di famiglia e naufraga ogni criterio di crescita e di educazione dei figli.

Forse andarsene è l'unica decisione che può ancora salvare il matrimonio.

E vale la pena di ricordarvi che si può lacerare la dignità anche senza spargimento di sangue o di piatti che volano in cucina. C'è una violenza dalle belle maniere, come quella che nemmeno ti fa sentire esistente, che frantuma le tue aspettative, le tue esigenze di essere umano. Come se tu non ci fossi. E il silenzio talora urla di dolore.

La famiglia e i silenzi, la famiglia e i mutismi.

Quante cose si celano in un silenzio. Il silenzio è un non detto che ha bisogno di esprimersi. È dolore soffocato. Il dolore del silenzio, la paura del silenzio, di chi è solo pur essendo con persone, che non ascoltano, che dovrebbero amarti poiché tu le ami; ma le ami pieno di paura e di dolore.

Il silenzio, trattieni sulle labbra tutto quanto vorresti dire e non dici, ma forse domani... un domani di speranza anche se lontano. Il bisogno di esserci e ti sembra invece di morire e allora ripeti sottovoce ciò che non puoi dire, magari muovendo le labbra. Parli a te stessa e così capisci ancora di più che lo devi dire e non puoi perché lui c'è ma è come non ci fosse o, meglio, come non ti vedesse, come volesse che nemmeno esistessi.

Quei tanti non detti, quei lunghi sospiri che negano le manifestazioni d'affetto. Perché non tace solo la voce, ma si paralizzano i sentimenti: hai voglia di abbracciare e non puoi, hai voglia di amare e non puoi. Lui è di là, su una poltrona, davanti a un televisore, a uno strumento che parla inutilmente e impone i silenzi là dove c'è necessità di parlare. Ma lui è stanco, lui c'è ma non c'è. Ti ha ridotto al silenzio come in un campo di concentramento dei sentimenti, in una fossa comune, dove sei morta con altri morti e non puoi dire nulla perché non ci sei più. Una morte che tiene ancora gli occhi aperti e non sai cosa fare perché hai paura di tutto, sei immobile, impietrita di paura.

Ecco il silenzio, la voce afona della paura, del grido di dolore che muove anche il cielo, ma non chi potrebbe aiutarti. Nel silenzio la tua paura si fa pensiero, colpa. Vorresti persino chiedere scusa di non essere all'altezza, alla sua altezza, ma devi tacere, fare silenzio.

Il silenzio, il silenzio della voce, dei sentimenti, delle relazioni. La morte che non parla, la morte che non è ancora morte, è peggio della morte. Tutto è bloccato, anche l'agonia in attesa di qualcosa che è sempre e solo silenzio.

Il silenzio in famiglia è una pietra tombale. Si vorrebbe piuttosto la baruffa, una catastrofe che ti fa sentire viva mentre muori; qui sei morta e vorresti vivere parlando, mostrandoti, facendo vedere che hai un corpo, un volto, gli occhi sbarrati sempre, anche nel buio, che hai una voce che non senti più, una voce inutile, una funzione che non si espleta mai, come poter correre e stare sempre fermi in una galera, per sempre. Il silenzio non guarisce, si fa sempre più tacito e si muore mentre nessuno se ne accorge poiché non si è sentito nulla, nemmeno il lamento della morte. Nel silenzio sei morta e sai che resterai in vita e la vita da morta è la pena più grave che si possa infliggere. Lui è seduto davanti al televisore, davanti a quell'apparecchio maledetto con novantanove canali, e ora ha anche il satellitare, che parla sempre e obbliga al silenzio. Lui è attratto dallo schermo luminoso e colorato, mentre tu sei sbiancata e pallida, sei fatta di morte. Non puoi competere, non hai nulla di interessante da mostrare, sei solo sua moglie, una volta ti ha scelto, adesso sei stata sorpassata dalla televisione.

Uccisa con la complicità del televisore, un delitto perfetto che attraverso il silenzio è giunto persino al manicomio del silenzio, al luogo della morte mentre ancora si è in vita, dove non potendo parlare ti è consentito delirare e ora fai discorsi da matta e volevi solo dire che avevi bisogno di affetto, di darlo. Ma lui aveva un'amante che faceva cose che tu nemmeno immaginavi e poi c'erano gli spettacoli e gli eroi dello schermo, mentre tu eri solo una persona, seguivi il copione dell'umanità non della fiction. Maledetta televisione.

Vi prego, spostate il televisore, mettetelo lontano dalla tavola da pranzo, lontano dal salotto. Non posso chiedervi di buttarlo dalla finestra, sarebbe violenza, ma se c'è qualcuno in casa a cui imporre il silenzio, vi prego fate tacere il televisore. È una maledizione, è una disgrazia. E si riduce, lo sapete, a uno strumento che vende i telespettatori alle industrie che pubblicizzano i propri prodotti. Mettete il televisore in un luogo che non impedisca alla famiglia di parlare, se siete tutti a tavola forse ci sarà per un po' silenzio, ma poi uno aprirà la bocca per esprimere una propria paura, un desiderio che non sarà colorato ma è umano, coinvolge e richiama a quella funzione della famiglia che è fatta per aiutare e per godere insieme. Non è necessaria la televisione per riempire il tempo. Spegnila, rompila, non usarla, rimandala indietro. Vivi e non accettare che questo stupido strumento imponga il vostro silenzio.

Il dolore del silenzio, la voglia di esprimersi, di liberare la paura. Lei ti aspetta e tu arrivi e ascolti il televisore e non lei, non tuo figlio: non hanno nulla da vendere, ma molto da chiedere, hanno bisogno di te e tu stai ad ascoltare gli spot.

Il televisore sta diventando il capofamiglia, il despota della famiglia: occorre detronizzarlo altrimenti non rimane che l'ubbidienza e la sopraffazione. Lo so, è pieno di fascino e si potrebbe persino tesserne degli elogi, ma io non lo faccio, lo condanno: o tace o va eliminato o lo si fa parlare qualche volta, oppure rompe i ritmi della famiglia e uccide le motivazioni a stare insieme. Che ogni famiglia organizzi insieme un delitto e ammazzi il ventidue pollici. Non lo regali, per carità, porterebbe la morte in una nuova famiglia. Oscurate tutte le antenne, anche le paraboliche: non vi portano dentro il mondo, ma fuori dal mondo della famiglia che è il luogo dei sentimenti. Vi strappano dal senso della vita e vi colpiscono con rumori e immagini fino a intossicarvi. Ridotti a macchine per rispondere ai quiz, macchine senz'anima, senza la voglia di amare. Capaci solo di schiacciare quel telecomando che apre e cancella mondi e fa sentire tutti dei titani mentre sono servi di un semplice apparecchio meccanico, di un elettrodomestico indemoniato, in mano ai venditori di pubblicità che poi possono anche vendere la democrazia o rivestire la dittatura di una commedia democratica.

Ho fatto riferimento in particolare al silenzio della donna: alla donna che fa tutto e poi non va mai bene niente e all'illusione segue un risveglio terrifico di incapacità e di colpa.

Ma anche lui, l'uomo, il marito, immagina di tornare a casa e far festa, perché vuole raccontare di quella piccola soddisfazione, e pensa a come fare, cosa dire; poi suona il campanello e nessuno apre: lei non c'è, non si aspettava che tornasse così presto e lui ha anticipato il ritorno proprio per fare quella sorpresa. E aspetta e si inquieta e, quando finalmente arriva, lei è spaventata e diventa aggressiva e lui non capisce, gli sembra che il diritto di essere arrabbiato spetti semmai a lui. Il divario tra come aveva immaginato il suo ritorno e la cronaca è così grande che quel progetto svanisce e lui perde la dignità e la voglia di pace. Dice che in quella casa non gli permettono di essere come veramente è, che quella famiglia gli tira fuori il peggio, il peggio di sé e dell'uomo, mentre lui, invece, è una brava persona stimata dappertutto e adesso persino gratificata.

Quella piccola promozione ha generato una catastrofe e tutto era stato pensato immaginando una festa.

La vita di famiglia è fatta di attese, di lei e di lui, di loro, dei figli e dei nonni.

Il silenzio delle attese: si aspetta una telefonata che non arriva mai e poi si passa ai ricordi, di quando lei o lui erano giovani, alla nostalgia che conduce sempre ai morti, ai propri morti.

E noi siamo pieni di morte, io vivo più di morti che di vivi, e intanto l'attesa si fa triste e la mente si trasforma in un camposanto: la morte del padre, della sorella, della madre e l'ingiustizia di quelli che vivono sempre, al confronto di chi è scomparso troppo presto.

Il tempo vissuto, non quello del cronometro che non serve a nulla e ignora i sentimenti.

Il tempo dei sentimenti non può essere misurato e allora quella attesa si fa infinita e lui, il figlio, non arriva mai e pensi subito a qualche disgrazia. Non riesci a immaginare che stia divertendosi lecitamente, perché è contento di essere al mondo. È sempre dentro un groviglio di automobili o in balìa di qualcuno che lo imbroglia e magari nelle braccia di una donna di malaffare che gli trasmette l'aids. Le disgrazie dell'attesa e quando lo vedi tornare ti si libera un'angoscia tremenda e fai gesti incomprensibili, ti lamenti e lo accusi mentre non aspettavi altro che tornasse. Sei felice perché non è morto, ma vivaddio occorreva che ti telefonasse anche fosse morto sul serio.

Le speranze del silenzio, l'attesa dentro la speranza. E le speranze sono prevalentemente per gli altri, per quel figlio o per l'altro. Si vorrebbe preparare per loro un mondo nuovo e magari non si sa nemmeno cosa veramente vorrebbero. Ma anche la speranza disegna un futuro sempre più difficile, dove tutto sembra impossibile, all'insegna del precariato, di ciò che c'è ma solo per un poco, di ciò che non c'è e che se si presenta sarà solo per assaporarlo e subito rimpiangerlo.

Voglia di metamorfosi, di esser diversi in un mondo diverso con una storia migliore.

È troppo strano il mondo presente per pensarlo domani diverso e così il futuro si fa buio e invece che permettere di fuggire da un presente di mostri e riposarsi nella speranza del domani, dobbiamo ritirarci nel passato, dentro la memoria, dove però ci sono solo morti. E così si vive di passato in attesa della sera, di una telefonata che magari non arriva o annuncia che non verrà nessuno e ogni piano si fa silenzio e fuori è buio e il silenzio si fa mistero.

È tempo di dormire e di lasciare ai sogni la soluzione di tanti inquietanti interrogativi. Il silenzio dei sogni.

La famiglia non esiste solo quando si trova riunita – al completo o in parte – e si esprime o agisce, ma rimane una presenza anche quando si è soli e magari lontani. Nasce la voglia dell'incontro, del ritorno e l'uno immagina l'altro, impegnato nella propria occupazione. E così la famiglia è tenuta insieme proprio dai legami per eccellenza che sono i sentimenti.

Il conflitto è la coesistenza di due desideri contrapposti, di due volontà che si affrontano. Il conflitto più frequente, oggi, è tra individualità e insieme familiare, tra la richiesta della famiglia e il bisogno di soddisfare istanze personali, tra tempo per sé e tempo dato al gruppo; conflitto legato alla paura di non realizzarsi, di perdere le occasioni del successo e della propria affermazione.

Del resto, in un mondo convulso che richiede di correre, la paura del tempo sprecato o male assegnato diventa una comprensibile preoccupazione.

Bisogna però ricordarsi delle priorità, nell'impossibilità di fare tutto e quando tutto può apparire utile o interessante. Bisogna scegliere, e se la dimensione dell'individualismo è legittima, non è vantaggiosa alla logica dell'esistenza. È necessario dunque fermare la corsa e interrogarsi sul perché di quella velocità che non lascia respirare e, soprattutto, che impedisce di meditare. Stabilire una gerarchia che sappia dare ordine alla vita e che non getti continuamente nel rimpianto delle occasioni perdute. Altrimenti si arriva al punto di fare una cosa pensando che se ne sarebbe potuta fare un'altra.

Scegliere diventa una necessità, è la base stessa della libertà che è sempre un rifiuto, la consapevolezza di un limite. La libertà non è fare quello che si vuole, ma decidere cosa non si potrà fare più. I piani, tutti i possibili piani, sono limitati, devono porsi dentro una gerarchia e nella convinzione che il buon funzionamento della famiglia serve a tutti i suoi componenti. E allora questa conflittualità tra Io e Noi, così frequente, risulta mal posta: la famiglia nel suo insieme è anche te.

Molti anni fa, quando ho cominciato a occuparmi di matti, si pensava che l'origine della follia fosse dentro ciascuno e che fosse sufficiente studiare e valutare clinicamente il singolo per poter scoprire di quale forma di follia fosse affetto. Dopo tanti anni, ora so che la follia si pone nello spazio tra le relazioni che uno stabilisce con le persone e con il mondo e dunque so che la mia normalità o la mia follia dipende anche dagli altri: da mia moglie, dai miei figli e persino dal mondo che mi circonda. L'ambiente in cui è posta la mia casa, la violenza che ho attorno hanno un peso sulla mia normalità e follia.

Ecco perché sono stanco di individualismi e di una società che li celebra in continuazione senza guardare alle relazioni che via via si allargano dalla famiglia all'àmbito sociale. Ed è bello sapere che la mia stessa integrità mentale, da cui dipende la mia serenità, è nelle mani dei miei figli e che io servo a loro, alla loro voglia di vivere e al loro benessere.

È la fine dell'individualità non come cancellazione dell'Io, ma come consapevolezza che ha bisogno di un luogo dove esprimersi, che non è mai un'isola o un deserto, bensì un ambiente umano fatto di tante altre persone. Certo, esistono varie misure, ma rimane sempre vero che fare per un altro significa soprattutto e prima di tutto fare per se stessi. Bisogna convincersene e ripeterlo all'infinito per non attaccare la famiglia e processarla per colpe che non ha.

Carissimi, permettetemi ora di richiamarvi al pericolo del confronto tra famiglie, quel processo per cui si pensa che ce ne sia sempre almeno una migliore della propria e si può giungere a percepire quella a cui apparteniamo come la peggiore possibile e ne proviamo vergogna. Il confronto tra famiglie è impossibile e viene sempre condotto con la insufficienza dei criteri di paragone che dovrebbero permettere un giudizio non di parte, ma rispettoso della parità delle misure adottate. Confrontare una famiglia di cui si è parte e in cui si vive quotidianamente con una di cui non si sa nulla o si è veduto solo uno schizzo, fa percepire la propria come miserabile e disamora ulteriormente, se già vi si inserisce a fatica. È difficile fare il bilancio di una vita e ancor più difficile fare quella dell'insieme di tante vite singole nella relazione e nell'influsso che le une esercitano sulle altre e sulla propria. Se poi il bilancio viene condotto da un temperamento insoddisfatto, con una forte carica di rivincita sociale, allora la ingiustizia che si può esercitare nei confronti della propria famiglia e di tutti i suoi membri sa da Inquisizione.

Ci sono opere che non ammettono confronti. E poi il giudizio risente del tempo e delle età.

C'è un'epoca, l'adolescenza, in cui non piace niente della propria vita e della propria famiglia e un periodo, la vecchiaia, in cui non si vorrebbe perdere nulla e recuperare proprio ciò che era allora oggetto di vergogna.

Io sono innamorato della mia famiglia d'origine e di quella che ho formato e so che entrambe sono lontane dalla perfezione.

Penso spesso a quel mio nonno, morto molto presto, a cinquantun anni, mentre tornava dal lavoro a piedi percorrendo sei chilometri e dopo aver faticato in un cantiere edile a innalzare mura di case. Con la sua borsa che conteneva un pignattino per la minestra e una bottiglia per mezzo litro di vino. Lo hanno trovato morto. Penso con grande pena e orgoglio a quella povertà che ha innescato una voglia di rivalsa e ha permesso, dopo secoli di inutilità sociale, di mostrare cosa possa fare la dignità e il coraggio della rivolta, sempre seguendo il rispetto degli altri e le leggi. E ora sono felice di poter parlare di quel tempo, in cui affondano le radici della famiglia che io stesso ho contribuito a fare e che parla di povertà, ma anche di grandezza, e che senza quella parte triste non sarebbe nemmeno grande. Una grandezza che non misuro nel confronto con altre famiglie, ma nel cammino della mia storia e del mio significato e nel sapere che i miei figli sanno cosa è la povertà e l'anonimato, cosa il vivere nella esclusione.

Sono orgoglioso di una storia da nascondere.

Non fate mai confronti, non so quale sia il valore economico e il potere della vostra famiglia, ma cercate prima di tutto il valore dei sentimenti, della dignità umana. Allora comincerete a conoscere la vera storia di una famiglia e valuterete la vostra anche all'ombra della fatica e persino del dolore. Fate che nulla vada perduto, imprimetela per sempre nella vostra memoria che è il libro migliore che uno possa scrivere, senza bisogno di un editore e di un marketing che ne decreti la visibilità. La storia che conta è sempre *secreta* anche se il *secretum* non è il vergognoso ma semplicemente il gioiello prezioso che si tiene nella cassaforte.

Non mercanteggiatela mai in confronti impossibili, invece scopritela e finirete per amarla, quando giunti alla vecchiaia vivrete, come me, più di passato e di memoria che di presente, di protagonismo da cronaca.

Non so se la tua famiglia usi invitare ospiti a casa. L'ospite a cui faccio riferimento è una persona che la famiglia nel suo insieme o qualche suo membro considera particolarmente importante, di riguardo e con cui si ha un rapporto formale. Una persona che in qualche modo si apprezza, ma di cui si teme anche il giudizio.

L'invito di un ospite a casa rappresenta un test interessante e desidero attivarlo nella tua famiglia.

È questa una occasione in cui si percepisce la propria casa in modo particolare e si capisce come sia importante per la famiglia. E del resto la casa è il luogo della sua identificazione fisica. Senza, sarebbe difficile addirittura definire una famiglia, almeno per la nostra tradizione italiana che si fonda su una casa, sulla *stabilitas loci* e la prima cosa che si chiede di una famiglia è «dove abiti», dunque dove trova la propria collocazione geografica. Provate a definire una famiglia che non abbia casa e troverete mille difficoltà.

Invitare frequentemente o molto raramente può legarsi a due principali motivazioni. La prima è il senso del privato con cui uno attornia la propria famiglia. Se è molto forte, tenderà a limitare altre presenze poiché le vede come degli inquinamenti sia pure transitori, come se il senso della casa, come luogo di famiglia, venisse profanato da un estraneo. Lo si esprime anche indirettamente, avvertendo che il luogo non è adatto, chiedendosi dove mettere l'ospite e cosa si debba fare. Un impaccio che si lega alla inadeguatezza di quel luogo, e della sua dinamica abituale, ad accogliere qualche cosa che non sia propriamente familiare. E ciò non perché la casa sia piccola e ci siano poche sedie o poche poltrone, ma proprio per una percezione sentimentale dello spazio, che diventa persino irriconoscibile se lo si immagina con un estraneo al suo interno. È chiaro che casa sta per famiglia e si può leggere in questa metafora persino la difesa della sua sacralità. Che si tratti di un limite psicologico proiettato nello spazio geografico del proprio appartamento, lo si evidenzia facilmente quando si ospitano persone care, per le quali si trova sempre una sistemazione, anche se si dovesse mettere un letto in bagno. Un'altra prova, se ce ne fosse bisogno, è che la inadeguatezza dell'ospite in casa è sentita diversamente dai componenti la famiglia che, vivendo lo stesso spazio, dovrebbero invece giungere a una forma di accettazione o di rifiuto di identica intensità.

La seconda motivazione dell'accoglienza facile o difficile fino al tabù dell'ospite si lega alla percezione che ciascuno ha della propria famiglia. Se uno si vergogna o è fiero di avere quella madre, o la moglie di avere quel marito (e gli intrecci possono andare in ogni direzione), allora il blocco o la prodigalità della ospitalità dipenderà dal giudizio sulla famiglia espresso proprio da chi ne è parte e deve accogliere l'estraneo. E allora non si invita nessuno per non scoprire una situazione che si tiene nascosta, oppure si apre casa e famiglia a tutti nella convinzione che siano bellissime e di essere stupendi anche presi singolarmente, fino all'osanna del «venite messeri a mirar».

Dopo questa premessa generale, è possibile entrare dentro il test di funzionalità della famiglia e specificarne le risposte più caratteristiche. Con un ospite in arrivo, la vita cambia e tutti sono tesi all'evento (chi più chi meno, ma tutti), e tutti hanno qualcosa da fare. Chi dovrà incaricarsi della pulizia completa della casa, e magari bisogna cambiare le tende della sala da pranzo, sistemare lo sciacquone del bagno che non è più a tenuta. Qualcuno scopre drammaticamente che il servizio di piatti è spaiato e che non ne esiste uno per il dolce e sa bene che non si può invitare a cena un ospite di riguardo senza dessert. Potrebbe anche esserci una nonna lamentosa da affidare almeno per una sera all'altro suo figlio che a dire il vero, non se ne occupa.

Insomma un ospite, in questo caso, apre un cantiere in casa dimostrando che si vive in un luogo inadatto, vergognoso. Un rilievo disastroso che avrà riflessi su quanti la compongono: se vivono in un ambiente rotto, sono anch'essi rotti.

Si possono aggiungere i restauri dei caratteri delle personalità: «Ti raccomando, quando arriva non rivolgerti a tua madre con quel fare arrogante e maleducato, come se fosse la tua serva». «E tu,» e questa volta è il marito che parla, «per cortesia, durante la cena stai a tavola, non puoi essere sempre in cucina e attivare un via vai che ti assimila a una cameriera e non a una moglie.»

E così si innesca una discussione infinita: «Ma scusa, perché nell'ordinario tutto questo non ti dà fastidio? Se ti sembro una serva, sappi che lo faccio per la famiglia e per i soldi...». E siamo giunti a un punto che può mandare tutto all'aria per aver innescato un tema scabroso e di crisi.

Un ospite diventa, proprio per questo, un test di funzionalità della famiglia, oltre che della gestione della casa, poiché se c'è tutto da rifare significa che nel quotidiano si vive in condizioni di precarietà e dentro frustrazioni sottoliminali, ma che inducono insoddisfazione anche se attraverso processi inconsapevoli.

Insomma, l'ordinario ha bisogno di negazione totale e ciò sta a indicare che l'andamento familiare nel quotidiano potrebbe essere diverso e che lo si sta riassettando per l'ospite e solo per lui.

Il test, in questo caso, è da patologia grave dell'andamento di famiglia.

Ben diversa apparirà la situazione di chi accettando di invitare a casa un estraneo di rilievo, non ha nulla da fare e la famiglia si limita a rimanere tale e semplicemente ad aggiungere un posto a tavola per il Godot annunciato.

Senza dover discutere il menu adatto, senza preoccuparsi del dessert speciale o anche semplicemente di offrirlo, se non è nello stile di famiglia cenare con un dessert che la sera potrebbe produrre pesantezza.

Miei cari, ormai è chiaro il senso e che cosa misura la prova dell'ospite; semplicemente vorrei che domani sera mi invitaste a cena e non doveste fare nulla se non aggiungere una sedia a tavola.

Se non invitate nessuno, accettate la finzione di un Godot e provate a invitarlo domani per verificare quante cose cambiereste e prendetene nota, anche se sapete che Godot nell'opera di Samuel Beckett non arriva mai.

Se con Godot certo non mandereste a quel paese vostra moglie, non fatelo mai. Se preparereste la tavola con eleganza, fatelo sempre perché i vostri figli sono più importanti di Godot e loro ci sono sempre. Così, signora, si levi sempre il grembiule prima di sedersi a tavola e lei, signore, non indossi quella tuta orrenda. L'eleganza serve più a casa che fuori e non parli con un linguaggio scurrile perché, se ci fosse Godot, farebbe brutta figura lei e l'intera famiglia. Se con Godot non lascerebbe acceso il televisore, lo spenga anche se Godot non c'è. E così anche a tavola usate tutti una certa educazione che è anche forma: non parlate con la bocca strapiena e non rispondete al telefono portatile a tavola. Insomma, ricordatevi che c'è sempre un ospite, tu stesso e i tuoi familiari, anche se Godot non arriva.

E ora devo parlare di una bestia che si può nascondere dentro la mia e la vostra famiglia: la gelosia. Un sentimento che va tenuto sotto osservazione perché non diventi patologico e distruttivo, una bestia appunto.

Mi stupisco sempre quando considero l'attenzione di ogni famiglia per prevenire i possibili disturbi fisici che possono colpire uno dei suoi componenti. Si tiene sotto controllo il colesterolo, la pressione minima e massima misurata in piedi e poi sdraiati, abbiamo già accennato alle attenzioni dietetiche, allo zucchero nel caffè. Ebbene, al contempo non ci si preoccupa minimamente di quei parametri di rischio per i disturbi del comportamento che pure sono riconoscibili con segni premonitori e dunque ben prima che diventino malattia. Vi chiedo di porvi attenzione perché non arrechino danno ai singoli e all'intera compagine familiare.

Vorrei che la gelosia fosse considerata un potenziale pericolo e ciò implicitamente ammette che c'è una dose di gelosia che non deve preoccupare affatto. Sono convinto che la gelosia, che si può definire la paura di perdere un oggetto d'amore, non sia di per sé un sintomo, un segno di anomalia, e che faccia parte dell'attaccamento e del legame d'amore. Se uno è innamorato è felice, ma nello stesso tempo teme che quell'oggetto svanisca e che qualcuno glielo scippi, ecco la gelosia: la paura che uno ti porti via ciò che per la tua vita è diventato talmente importante che, senza, ti sembra impossibile poter vivere. La preoccupazione di perderlo appare giustificata e persino piena di senno.

D'altra parte, la gelosia accettabile produce effetti straordinari e positivi all'interno del legame: la paura di perdere l'oggetto d'amore porta a curarlo bene, a mantenerlo con grazia, a fare il possibile per meritarlo e per continuare quell'attrazione d'amorosi sensi che addirittura si può accrescere. Insomma, il timore di perdere il bene della propria esistenza mette in moto ogni strategia umana per rafforzare quel legame.

Questo livello di gelosia è parte strutturale dello stesso amore e si manifesta utile al legame.

Non condivido affatto le posizioni di coloro che sostengono che la gelosia, sempre e comunque, sia un segno più o meno vistoso di malattia, di una malattia del legame. Convinti che se uno dei due se ne va, si deve semplicemente prendere atto che la storia è finita: prenderne atto civilmente (ecco la parola chiave) e civilmente andarsene.

Questa è una descrizione dell'amore in termini di contratto notarile, non di implicazione esistenziale, di coinvolgimento dei sentimenti, tra cui quello dell'appartenenza e della paura di perdere un sostegno, una condizione di vita necessaria poiché pare di non poter più vivere senza di lei, senza di lui.

La gelosia che si coniuga abitualmente al legame di coppia si applica a tutti i tipi di unione: c'è una gelosia della madre nei confronti del figlio; c'è la gelosia tra fratelli, per cui uno difende l'altro di fronte ad affermazioni o gesti inaccettabili; c'è una gelosia talora fortissima nell'amicizia e si giunge a essere gelosi nei confronti del proprio cane o gatto e non si accetta che vengano criticati.

La bellezza dell'amore sta anche nell'incertezza e questa dimensione della gelosia lo rinsalda.

La gelosia, però, può divenire patologica e il segnale che ciò è accaduto è quando non solo non aiuta il legame, non lo rinforza, non aumentano le attenzioni discrete e il senso di appartenenza, ma lo ostacola e giunge persino a impedire l'amore. Quando quella paura diventa processo, individuazione di colpevoli, la prova di segni di tradimento e quindi, quando alla paura della perdita dell'oggetto d'amore subentra la certezza che è stato già espugnato, la gelosia è malattia.

Qui c'è la certezza della perdita, non più la paura. E si presenta sulla scena la morte, con la voglia di uccidere e di uccidersi. Meglio morti insieme che vivi separati. Il geloso malato porta alle estreme conseguenze una realtà che nella sua mente è più vera di qualsiasi altra evenienza e quindi agisce conseguentemente alla certezza che quello è l'oggetto del suo amore, l'unico che giustifichi la sua esistenza, al quale lui ha dato e dona tutto ciò che ha, ma ora è stato portato via da un altro e vi si è unito nel gesto più esclusivo e totale dell'amore, il possesso del suo corpo. Un gesto in cui l'oggetto amato è necessariamente complice.

La gelosia patologica diventa imposizione di sé sull'altro fino a togliergli la libertà e persino la possibilità di esercitare una qualsiasi funzione umana che, agli occhi del geloso, presenta sempre i segni di un tradimento. Una lettura che può farsi delirante e quindi condurre tutte le esperienze e le emozioni dentro la certezza del tradimento.

Io capisco il dolore di chi è gelosamente amato,

ma anche di chi ama con la gelosia. Il geloso uccidendo si uccide, eliminando l'unico oggetto che ama, indirettamente si suicida anche quando resta in questo mondo. È guidato dalla distruttività, da una apocalisse in cui tutto finisce, perché senza l'oggetto amato non rimane nulla. Il geloso non rispetta nemmeno i figli, che vengono coinvolti in questo dramma; anzi, i figli sono amati solo se permane l'amore con lei o con lui, mentre nel sospetto del tradimento anch'essi diventano appendici di lei e, se la uccide, elimina anche le sue appendici. Ecco l'apocalisse, la fine di tutto.

Entro questa descrizione non farà certo più impressione sapere che si continua a esser gelosi anche nell'odio, come se la persona odiata fosse un possedimento da cui non è possibile o non è facile staccarsi. L'odio è un legame altrettanto saldo quanto l'amore e su questo terreno, e portando la visione sempre ai casi estremi, si capisce perché un uomo da tempo separato dalla moglie in un contesto di odio, la segua come un mastino e si senta sempre tradito.

La gelosia delle madri verso i propri figli è altrettanto disastrosa di quella di coppia, poiché porta a escluderli da esperienze utili, divenute proibite.

La gelosia modifica le percezioni e, se nel caso della coppia mostra dappertutto delle ombre come personaggi concreti che possiedono, rubano e devastano il proprio amore, nel rapporto madre-figlio fa vedere le persone che lo circondano come dei mostri o delle megere che lo rovinano. Una gelosia che si esprime anche in quel «Dove vai», «Con chi stai», «Con chi sei stato», «Cosa hai fatto». La gelosia come maschera della paura.

E nella paura si cerca di innalzare fortini psicologici con le proibizioni, con i controlli asfissianti.

La gelosia verso la famiglia intera porta a escluderla dal contesto sociale, come non vi appartenesse, per paura di esserne derubati, come si trattasse di un mondo differente, con uomini di una specie o razza dannata. Una visione soffocante che ingabbia tutti in un sospetto che mostra l'altro sempre come nemico e che riporta subito a casa, a quei legami che per essere sicuri diventano sempre più incollati da una gelosia che non permette più di amare.

Monitorare il rischio-gelosia non significa creare un osservatorio freddo e scientifico, ma mettersi nella disponibilità di aiutare e anche in questo caso, aiutando lei o lui, si porta vantaggio a tutti e si impedisce che la gelosia contamini e divenga uno stile prima e una malattia di famiglia poi.

La gelosia è paura e la paura la si vince non con i discorsi, ma con la condivisione, con la propria presenza, con l'aiuto ad aprirsi agli altri proprio nella garanzia che il gruppo protegge.

Non si deve mai, in famiglia, considerare i problemi come questioni che riguardano esclusivamente lui o lei, come se l'attribuzione liberasse da ogni preoccupazione. Il problema di un suo componente ha riflessi su tutti: non si può pensare a una famiglia come una piccola aggregazione di individui in cui ognuno può mantenere stile e idee proprie, si deve collaborare per fare di quella somma di soggetti un insieme organico. E non bisogna mai rimandare, applicando il criterio della minimizzazione e del «Passerà» o del «Non c'è nulla di grave».

È ingiustificata questa disattenzione per segnali che se colti avrebbero evitato conseguenze nefaste, e non mi riferisco alla prontezza nel chiamare un medico della mente e del comportamento, ma alla opportunità per un intervento della famiglia, che ha un vero potenziale terapeutico, o quantomeno preventivo importante. È incredibile come talora il padre e la madre non siano a conoscenza di comportamenti di difficoltà e come minimizzino aspetti persino dissociativi di un figlio.

La gelosia è una tendenza che può giungere a gradi inaccettabili e deve essere fermata. Un percorso che parte da una dimensione utile e persino positiva, dunque priva di ogni connotazione patologica, ma che può in un continuum salire fino a farsi sintomo che ostacola le relazioni familiari e giungere all'estremo: tutto si sarebbe potuto evitare.

Il tema da affrontare con il geloso, dentro una gelosia *sine materia,* è la paura e del come dare sicurezza a chi in casa la sta perdendo. Un problema familiare a cui dare un'attenta valutazione, usando le forze del gruppo per salvaguardare un singolo da un'infezione che poi si farà collettiva e dannosa per tutti. Questa è una risposta adeguata e d'amore verso chi, attraverso la gelosia, potrebbe persino perdere la forza d'amare, la libertà d'amare, e non godere più dei vantaggi che l'insieme familiare permette.

Le psicologie e le scienze del comportamento sono uno dei grandi benefici del tempo presente, ma hanno prodotto un difetto gravissimo sul piano della terapia: la convinzione di avere diritto a occuparsene, detronizzando ogni altro intervento benefico. Non è così, un intervento può essere risolutivo senza ricorrere agli specialisti e persino ogni intervento specialistico non porterà alcun esito senza un coinvolgimento, di vario grado, della stessa famiglia.

Dopo aver richiamato la gelosia, mi viene quasi d'istinto la tentazione di parlarvi della fedeltà all'interno della coppia e della famiglia.

In realtà non vi è alcun nesso.

A me preoccupa constatare la banalità che oggi circonda questo atteggiamento, come se si trattasse di un tema da archeologia dell'umanità e semmai da riproporre facendo un elogio della infedeltà. Se uno dentro una relazione infedele si carica di gratificazioni, è meglio disposto anche in famiglia e riuscirà a starci in maniera più serena.

Mi sembra un trucchetto della ragione, della sua abilità a falsificare tutto, a stravolgere la logica dei sentimenti che non si lascia certo convincere da questi stratagemmi della retorica e del gioco verbale.

Credere di risolvere una crisi mettendo in scena, davanti o dietro le quinte, un'altra persona, è semplicemente non riconoscere alcun rilievo alle dinamiche psicologiche e ignorare come funziona la mente di un uomo. Il danno avviene prima di tutto dentro chi tradisce, poiché si sente un fedifrago, anche nel caso non possedesse lo strumento di bordo della colpa che glielo ricordi suonando campanelli d'allarme. E poi non si può nascondere una relazione di infedeltà, poiché la persona con cui si è legati sente che qualcosa non c'è più, avverte un imbarazzo, la finzione. E, infine, il tradimento si estende dalla coppia a tutti i rapporti familiari, per quella unità che la famiglia stabilisce. L'infedeltà è verso la famiglia e non serve fare discorsi che limitino il fatto solo a lui e lei: coinvolge tutti.

Sarebbe come ammettere che una separazione non pesa sui figli semplicemente perché si dichiara di mantenere con loro il rapporto di affetto e di voler esercitare la paternità indipendentemente dal fatto di vivere in casa con un'altra donna che non è la madre del proprio figlio. Se questa può essere una necessità, e persino uno dei casi in cui appare salutare dividersi, non per questo si deve negare, a meno di voler falsificare la situazione, che ciò non abbia un peso sconvolgente per le attese del figlio e per le esigenze della sua crescita. Non si deve farne un dramma, ma nemmeno negare il dolore che una simile situazione genera nei figli. E ciò va detto al di là di ogni moralismo, ma semmai in nome dell'umanesimo che nasce entro i confini di questa terra.

Io so che ogni storia è al di fuori della generalizzazione e per questo non entro in questo tema se non per dire e per ripetere che mi indigno di fronte a una cultura che voglia minimizzare il senso della infedeltà e che ci gioca, come si trattasse addirittura di qualche cosa di sfizioso, che se non lo attui significa che sei un anomalo, a partire dal possedere una carica erotica debole, una sorta di impotenza da fedeltà. L'essere fedeli significa prima di tutto rispettare la famiglia. E significa affermare con decisione che una crisi non si risolve con la infedeltà, ma affrontandola sapendo che possono esistere in una coppia delle risorse capaci di sanarla e di restituire il piacere della vita insieme.

Anche per la infedeltà esistono dei segni che vanno monitorati e su cui si deve intervenire, prima che questo costume si impianti con danno dentro la famiglia e nella sua storia.

Sempre un male che colpisca uno del gruppo si estende a tutti i componenti e diventa un male della famiglia.

Siamo abituati a parlare di malattia del singolo e del resto è il singolo che si rivolge al medico. È difficile portarvi una famiglia, chiedere di prescrivere una cura all'insieme, ma ciò è indice soltanto di arretratezza e della scarsa attenzione che si pone ai processi di partecipazione del male del singolo e della sua diffusività attraverso la partecipazione e il sentimento. Se una persona di famiglia si ammala organicamente, per una infezione batterica o virale, l'intero funzionamento dell'insieme ne risente. La madre non preparerà la cena, non rispetterà le attese codificate da anni e valide in regime di piena funzionalità familiare. Se il padre si frattura una gamba, dovrà essere accompagnato dovunque e forse persino al lavoro e cambieranno i ritmi fino alla sua completa guarigione. Se uno è depresso, diventa depressa tutta la famiglia, se il nonno soffre di Alzheimer e non è in grado di valutare le azioni più abituali, tutto il sistema entra in fibrillazione. Se un matto si pone dentro una famiglia, la casa diventa un piccolo manicomio con preoccupazioni legate al comportamento attuale di quel malato e ai rischi di violenza. Insomma, la famiglia risente della malattia di un suo componente e diventa malata essa stessa. Analoga risposta si avrà di fronte a uno sfratto, a un licenziamento, un procedimento giudiziario, un lutto.

Anche per i rischi di comportamenti che disturbano la coesione familiare occorre impegnarsi tutti, perché la famiglia può ammalarsi, soffrire proprio come insieme.

E adesso voglio parlarvi proprio di una di queste malattie: la ossessività che colpisce una persona ma si estende influenzando tutti.

La ossessività è una camicia di forza imposta alla casa e alla famiglia che, come conseguenza, si trova limitata nel movimento fino a esserne completamente bloccata. Si comincia a notare che i movimenti devono seguire percorsi particolari e avvenire con estrema attenzione, come se ci fosse un traffico pericoloso regolato da innumerevoli semafori. Dal blocco motorio si giunge a un blocco dei sentimenti e persino dei pensieri che girano nella testa rallentati, impoveriti.

Uno dei primi segnali è dato dal bisogno eccessivo di ordine e di pulizia. Anche in questo caso c'è un grado accettabile e uno che sconfina con la patologia quando pare di entrare non in una casa, ma in un mausoleo dove tutto parla di morte, a partire dalla luce funerea.

Ordine e pulizia diventano parametri prioritari e, se traditi, generano in qualcuno dapprima, in tutti in seguito, vera angoscia. Un soprammobile fuori posto produce una fitta al cuore che si allenta solo quando si ripristina la originale posizione, quella della sua verità, della condizione senza la quale la vita familiare crolla.

La pulizia non è mai abbastanza e lo sporco contamina e dunque passa dal pavimento alle persone, entra nella bocca e riempie i polmoni e va dappertutto provocando effetti demoniaci, di cui la peste è un esempio antico, ma adesso si è raffinata e ha espressioni ben più gravi e drammatiche. E allora si giunge alle pattine, a quegli straccetti di panno su cui porre accuratamente i piedi. Entrando in casa, prima ancora di salutare e di guardarsi attorno, occorre trovare le pattine e montarvi sopra, attenti a sovrapporvi perfettamente le scarpe per non trasportare sul pavimento il sozzume dell'ufficio o della strada. E per questo bisogna anche subito lavarsi.

Carissimi, sto parlando di un tema grave che finisce per condizionare tutti imponendo liturgie che diventano noiose e insopportabili. Una casa delle cere, un museo archeologico della pietra e delle statue marmoree.

La ossessività è sempre una espressione della insicurezza, del terrore di vivere. Nella sistemazione fissa e irremovibile della casa, dove gli ossessivi tendono a rintanarsi stabilmente, si attua il tentativo di controllare il mondo e di asservirlo, di organizzarlo in modo che non presenti mai delle variazioni, delle novità, che spaventano proprio perché non sono quelle attese e previste e ciò significa attivare l'area della insicurezza e della paura.

Se questo è in sintesi il senso, allora si può affermare che l'ordine entro certi limiti è necessario, come testimonianza di regole per vivere insieme, ma può raggiungere livelli in cui non aiuta più a vivere meglio, anzi, addirittura impedisce di farlo, trasformando la casa in una prigione da dove i carcerati tentano di fuggire o sognano di farlo il più presto possibile. E continuano a sperarlo anche se finiscono per passare reclusi la vita intera.

L'ossessività non va mai accettata e si deve aiutare la persona che ne soffre rassicurandola, mostrando il vantaggio di un sistema meno chiuso. Difendendo un ambiente meno rigido che, alla fine, verrà apprezzato anche da chi lo irrigidisce, poiché l'ossessività è dolore, fatica, perdita della capacità di pensare. Dal suo aspetto esteriore, motorio, diventa ossessività del pensiero e le idee sono anch'esse messe sulle pattine per un percorso scontato e povero rispetto alle associazioni, agli svolazzi possibili, alla creatività che è, invece, ricerca di percorsi nuovi per avere nuove sensazioni e nuove occasioni di stare insieme.

Se si accetta la ossessività, si deve assumere un comportamento ossessivo, che dapprima lo si sente imposto, ma poi finirà per diventare necessario. Insomma, se non si aiuta l'ossessivo, si contribuisce alla ossessività di casa e a una malattia di tutta la famiglia. Aiutare significa non seguire i ritmi della ossessività, ma portare a poco a poco regole di libertà. Si può in certi casi avere bisogno dello specialista, ma prima del «Sei matta vatti a curare» o del «Non vengo più a casa», che trasforma la paura in terrore e produce nuove ossessioni, magari nascoste, bisogna comprendere il perché di quel comportamento. Solo così si percepisce meglio come aiutare la persona che ne soffre e la famiglia intera su cui la ossessività si riversa.

Ogni giornata finisce e giunge il momento di andare a letto. Talora è una benedizione poiché interrompe un giorno difficile, talvolta è un'attesa gioiosa quando diventa luogo dell'amore.

Sarebbe bene riuscire ad andare a letto più o meno allo stesso tempo senza dimezzare la coppia, con un pezzo che sta davanti al televisore. È bello coricarsi insieme nel buio, anche se non ci sono passioni reali o immaginate, stare vicini magari nel silenzio, sentendo soltanto ognuno il respiro dell'altro. E se si chiacchiera, bisogna farlo sottovoce, per non disturbare chi si trova nelle camere accanto o addirittura nell'appartamento contiguo. Questa atmosfera favorisce considerazioni magari inutili, frammentate, senza la forza della sequenza logica e della ricerca della propria ragione. E allora si rievoca qualche ricordo lontano e, chissà, qualche battaglia d'amore che ormai il tempo ha lasciata impressa solo nella memoria. È bello stare insieme e accostare le punte dei piedi e nel silenzio e al buio intessere un dialogo. Non è affatto vero che i piedi siano incapaci di espressioni persino poetiche, e che il «parlar con i piedi» sappia di disprezzo.

Andate a letto insieme anche d'inverno quando, sia pure con i sistemi di riscaldamento efficienti del tempo presente, si possono avere le mani o i piedi freddi e allora viene voglia di scaldarli e di sottrarre calore all'altro e si gioca come dei bambini, con espressioni che sanno di infanzia, dopo una giornata che magari è stata all'insegna delle strategie adulte.

Non rimanete una di qua e uno di là. E poi non girate subito la schiena, state in una posizione che ammetta anche un abbraccio, non sarà di potenza straordinaria ma può permettere un bacetto, di sfiorare parti che un tempo erano indicate come peccaminose. Anche quando fa freddo non coricatevi indossando una camicia di forza e mutande protettive che sanno di castità imposta. Persino una vecchietta, al buio e al freddo, diventa piena di fascino, perché la si riveste dei propri pensieri e desideri e allora magari succede qualcosa che mostra quanto forte sia ancora il legame, un legame di tutta la persona che è fatta anche di corpo. Se si allontanano i corpi, si dividono le menti e i sentimenti diventano di cartone.

L'amore è sempre totale anche se, a una certa età,

si incontra più anima che corpo, ma mai solo anima.

Il letto, poi, è come un confessionale, si presta a essere ascoltati e persino a venire perdonati. In confessionale non andate a raccontare della spesa al supermercato, e allora anche a letto non parlate della bolletta, delle rogne del condominio: parlare di voi, l'uno dell'altro, e così si crea il clima dell'amore.

È ora di dormire, è ora di terminare la giornata, di tirare il sipario perché la recita dell'esistenza è finita e domani riprenderà e dovrà affrontare nuove prove, le prove del copione della vita che non risparmia i *coup de théâtre* che tanto piacciono agli spettatori.

Chiudete la giornata con una preghiera.

È bello avere un Dio a cui rivolgersi e se non ce l'avete, come mi pare di non averlo io, rivolgetevi lo stesso al Dio che non c'è, che non avete incontrato ma che non potete escludere di incontrare, magari di notte, quando il fracasso degli uomini tace. Rivolgetevi al Dio che non c'è per voi, che non avete ancora trovato, ma che è stupendo anche solo cercare.

Vedete, tra un Dio che si cerca e il nulla la differenza è enorme, poiché il nulla non c'è senza alcun dubbio, mentre un Dio che si cerca non c'è di fatto, poiché non lo si è ancora incontrato, ma può esserci, altrimenti cercarlo sarebbe follia, invece il farlo dà a quel nulla attuale la possibilità di esserci domani. Il Dio che non c'è è il vero Dio della speranza. È bellissimo sperare.

Mi piacerebbe che tutti chiudessimo la giornata pensando al Dio che c'è o a quello che non c'è.

Recitate una preghiera e, se non la sapete, inventatela, ricordando san Francesco: «Mio Dio non so dire nulla, so solo pronunciare ba, ba, ba». Che bello terminare la giornata recitando un ba ba ba ritmato come una filastrocca.

E pregate anche per la vostra famiglia, per vostro figlio, per vostro padre e vostra madre, perché questo mondo ha bisogno di dèi, non solo di uomini.

La sera offre una condizione straordinaria per pensare proprio alla famiglia e per accorgersi che non è fatta solo di vivi, ma anche di trapassati.

Di qualche familiare che non c'è più. Non c'è più in carne e ossa, ma c'è, eccome se c'è. È il momento di mettersi in contatto con loro, di scambiare qualche pensiero e magari due chiacchiere, perché hanno molto da dire e hanno voglia di ascoltare.

Io ritorno ogni sera da mio padre che mi ha lasciato solo, troppo presto. Se amate i vostri morti, rispetterete l'uomo, ogni uomo che muore. Io ho imparato a portarli dentro di me, bare dentro di me.

Rispettate chi vi sta accanto, non maltrattate mai nessuno, un giorno proprio loro saliranno su quell'altare che non si vede, che si accende la sera quando ormai tutto tace e ognuno sta per addormentarsi.

Ormai lo sapete, mi piace scrivere lettere, in un momento in cui non esiste più nemmeno la carta e una busta per spedirle, nel tempo dei messaggini al telefono cellulare. Proprio per questo voglio scrivere ancora, e per questo cerco qualche vecchio pennino. Questi fogli sono tracciati da un filo di inchiostro e sono meravigliato sempre quando penso che tutte queste parole, i pensieri che nascondono, non sono altro che una linea infinita, variamente arzigogolata.

Questa lettera, se la si svolge, si riduce a un filo sottile di inchiostro su una pagina bianca.

Forse si riduce a nulla, una immagine che mi affascina come del resto affascinava Mallarmé, che ha scritto la più bella poesia del Novecento, lasciando bianca una pagina, come a potervi leggere ciò che si vuole e permettendo così a ciascuno di diventare un poeta, un piccolo poeta, e di scrivere versi sulla famiglia, sulla propria famiglia.

Io, mentre vi addormentate, voglio ricordarvi, sussurrandolo, che è tempo di gioire, di sognare la pace dentro la vostra famiglia, tra tutti coloro che ne fanno parte e che ora si stanno addormentando. Non dimenticate che ciascuno ha bisogno dell'altro e che la vostra felicità è legata a quella di tutti loro.

La vita scorre tra un quotidiano monotono e scontato e l'eccezionale, che è in grado di sconvolgerne il corso. Talora siamo stanchi dell'ordinario e ce ne lamentiamo, ma temiamo che possa mutare poiché il peggio può sempre presentarsi.

Ora desidero affrontare l'effetto delle eccezionalità, di eventi che coinvolgono tutta la famiglia anche se al suo interno le partecipazioni singole possono essere diverse.

Ci sono eventi piacevoli, le belle sorprese, le notizie che, invece di allarmare, riempiono di gioia. I compleanni, gli anniversari, le feste che acquistano per la famiglia una particolare importanza e poi, naturalmente, le vacanze che meritano una considerazione a parte proprio per il loro modo di essere vissute. E su questi eventi segnati sul calendario e dunque attesi, si possono fare progetti, immaginarli prima che accadano, con le anticipazioni del regalo.

E la maniera di fare doni è una caratteristica della famiglia. C'è quella che cerca di meravigliare inventando qualcosa di assolutamente inatteso, mentre ci sono stili in cui il regalo viene concordato, con l'idea che sia meglio dare un aiuto molto concreto. Lo voglio affermare subito: nella mia famiglia domina la sorpresa e mi permetto di suggerirla anche alla tua, poiché c'è bisogno, in una vita che tende a essere prevista e prevedibile, di eccezioni. È bello aprire un pacchettino al proprio compleanno senza nemmeno immaginare cosa possa contenere, si crea un attimo di attesa e di immaginazione che subito si incontra con l'oggetto o con quel gesto, che diventa significativo perché non ci si era pensato. Io so che questa è la società dell'inutile, una società dove molti non hanno nulla mentre alcuni sono annoiati persino dal lusso; ebbene, pensando ai regali io sono per la sorpresa e per la sorpresa inutile, per qualche cosa che non serva al necessario, ma a giocare e a sognare, a mostrare segnali di novità, oggetti strani. Lo strano è appunto qualche cosa che alla prima reazione sembra non adatto e quindi può persino deludere, ma ha poi la forza di aiutare a scoprire una parte di sé che non era in luce e che, con il passare del tempo e dopo la prima impressione, si fa divertente, malizioso, intrigante, un invito a leggersi fuori dal consueto, a meravigliarsi.

Certo, ci sono gli eventi del tutto non previsti, quelli non segnati sul calendario anche se stampati nella nostra paura. Appartengono al caso, al destino, all'imponderabile che porta in casa un lutto.

La morte, maledetta morte, sappiamo che fa parte della struttura stessa dell'esistenza, ma non riusciamo mai ad accettarla. È scritta nella storia del possibile e di ciò che può accadere, ma, quando bussa alla porta, e di solito non lo fa né con grazia né con educazione, sconvolge e riesce a buttare per aria tutto, poiché la morte è il vero dramma dell'esistenza. Il personaggio enigmatico, il nemico giurato che però non viene combattuto perché è invincibile e perché suscita paura e rispetto. Che strana la morte e che strana la reazione che ognuno di noi ha nei suoi confronti.

La morte cambia la visione del momento, fa sentire ridicola ogni preoccupazione poiché mostra che la sola preoccupazione è lei, la morte, e che è inutile affannarsi poiché fa quello che vuole e viene quando vuole. Esiste come possibilità quotidiana, come fosse sempre annunciata e ne mancasse solo la conferma della cronaca.

Maledetta morte, il lutto, il rimanere senza chi avevamo sempre attorno. Ecco un evento mai scritto sul calendario anche se presente nel nostro diario mentale.

Viene voglia di nasconderla e per non dedicarle troppo spazio in questa lettera penso ora a una nascita.

Che bello vedere un bambino venire al mondo!

Se la morte porta una vita nel nulla, almeno nel nulla dei sensi, la nascita porta dal nulla un essere, piccolo ma in potenza grande e complesso. Un uomo dal nulla. E sono dovuto diventare vecchio per capire che è un miracolo, che una vita è sempre un evento nuovo, anche se si può calcolare il giorno in cui occorre andare in maternità per partorire. Quando viene alla luce un bambino e lo si guarda e lo si sente strillare per annunciare che c'è – come il suono delle campane che ti ricordano che persino il Signore è venuto – è bello.

Non c'era nulla e c'è una vita.

La nascita, l'unico momento in cui si dimentica la morte.

Odio la morte, amo la vita, piango sempre quando accompagno qualcuno al camposanto, mentre gioisco in maniera incondizionata al sapere che è arrivata una nuova vita in questo mondo e che forse lo migliorerà.

Non spaventatevi del volto truce del mondo di oggi, può cambiare e muterà proprio grazie ai nuovi visi, ai bambini.

Lo so, devo smetterla, ma ho voglia, una voglia pazza di vedere bambini. Dopo una lunga vita in cui le mie attese e le mie speranze si sono attaccate a tanti miti sociali, che si sono dimostrati vani, senza senso, ora desidero dirvi che la Natura ha ragione, che la grande conquista, la vera soddisfazione si lega ai figli, anche se sono problematici. Sono sicuro, potranno esserlo di meno se le nostre famiglie saranno guidate dai sentimenti e non dagli affari e se sapremo leggere dentro ciascuno di noi e di loro i desideri e la bontà. La nascita come evento, giorno di festa.

Se l'ordinario è caratterizzato da una sorta di anestesia dei sentimenti o da escursioni minime, i fatti rari, invece, li accendono e si avverte ora gioia, ora dolore.

Sono queste le parole chiave dei sentimenti esistenziali. E sono diverse dalla disperazione oppure dalla felicità. Il dolore e la gioia sono sentimenti discreti, e anche volendo che nella tua vita ci sia solo gioia, so che qualche volta si affaccerà il dolore.

C'è un aspetto che mi pare li accomuni, e non ti sembri strano: è la commozione. Sì, la gioia contiene la commozione che manca alla felicità, la gioia può esprimersi persino con le lacrime. E in questo si accomuna al dolore, a quella forma di dolore che non è perdita della speranza, tragedia, fine. Il dolore come richiamo, come esperienza triste che sa ancora di vita. Il dolore contenuto non è mai disperazione.

Le lacrime del dolore, le lacrime della gioia.

La gioia si lega a una soddisfazione propria, ma non dimentica la presenza dell'altro e nemmeno che molti non l'hanno conosciuta mai. Vicino a te c'è chi prova dolore, un dolore che si mescola alla tua gioia. La felicità è invece un orgasmo e dimentica il mondo.

Nella gioia hai voglia di pregare per la gioia degli altri, ti pare che la gioia non si coniughi al singolare ma debba investire tutta la tua famiglia e magari l'intera comunità di cui è parte. E mentre sei contento, guardi il tuo fratello che invece arranca nella vita, senti nella stanza da letto un nonno che ormai pensa solo alla morte e al suo mistero e corri subito da lui per dirgli che senti gioia e gliela vuoi trasmettere, perché la smetta almeno per un attimo di vedere la morte e di dialogare con questo mostro maledetto. La gioia che passa, che si vuole distribuire, non è la felicità priva della socialità e che ti fa sentire unico.

Non ho mai sperimentato la felicità, ma conosco la gioia, la tristezza della gioia, e so che la tristezza è bellissima poiché non ti innalza mai all'empireo, ti fa sentire uomo fragile, che ha bisogno di qualcuno che gli stia vicino, perché anche la gioia non vince la paura, mentre l'ebbrezza della felicità fa credere di essere in paradiso e subito dopo scopri di trovarti in un bordello.

Io non so perché il dolore spaventi tanto questa società, io non lo amo, certo, e sono in lotta con il dolore che si può evitare, con quel dolore che l'uomo promuove e potrebbe non produrre lasciando serenità al suo posto.

Mi indigno di fronte al potere che produce dolore inutile.

Ma c'è un dolore che si lega a questa vita, che è parte della sua struttura e che forse aiuta a capirla. Chi sente il dolore e la fragilità del proprio essere nel mondo non sarà mai uomo di potere; se prova il dolore non provocherà dolore. Non sarà un despota, non si arricchirà sapendo che quella ricchezza, fatta di sopraffazione, di furbizia, è sempre un furto alle spese dei più deboli. Il potere è la morte che si produce vivendo.

Non sono entusiasta dei farmaci che intorpidiscono il dolore esistenziale, che trasformano la personalità per non avvertirlo. Il dolore del lutto per un padre che muore è l'unica maniera per sentirlo ancora vicino.

Non amo il dolore, sono per la gioia, mia e per quella di tutta la mia famiglia, ma non sono un tiranno del dolore, semmai del dolore evitabile, di quello prodotto dalla stupidità dell'uomo, da chi considera l'uomo solo uno strumento di ricchezza.

Il dolore che si fa poesia e io amo la poesia, che è il racconto del dolore; il dolore che sa di tremore e timore, di speranza e di commozione, di fragilità e di bisogno di aiuto, che ha necessità di aver vicino qualcuno, che ha bisogno di te.

Gioia e dolore esistenziale pescano nel mistero dell'uomo, in qualche cosa che sfugge e riportano dentro il mistero dei sentimenti.

Ormai amo l'indefinito, ciò che mi sfugge eppure mi àncora e mi tiene attento a cosa succede dentro la mia mente e nel labirinto delle sensazioni e delle emozioni. Un viaggio che non termina mai.

C'è chi di fronte a una notizia buona e nuova si trasforma in una fontana lacrimosa, chi invece sente la voglia di correre ad abbracciare tutti per distribuire un po' della propria gioia. C'è chi di fronte al dolore non si lamenta, chi invece chiede comprensione e rassicurazione. Niente è più umano del dolore e niente più straordinariamente umano della gioia.

Ecco perché non mi piace la felicità e perché non capisco la disperazione, mentre nella gioia sento il timore, nel dolore il tremore della mia fragilità ed entrambi mi paiono espressioni di questo uomo, dell'umanità che sento dentro di me e che è dentro in ciascuno di voi.

Le vacanze, rappresentazione annuale del nostro teatro familiare, dovrebbero diventare un'occasione di gioia e non, come spesso succede, una farsa e talora una tragedia all'insegna della trasgressione e del proibito o dell'avventura.

Un tempo per stare di più insieme, per scoprire ciò che l'ordinario e la fretta non permettono di focalizzare. In uno scenario nuovo, tutti insieme.

Anche per questo sono contrario alle vacanze separate, a quella falsa saggezza che vede nel distacco estivo e nell'acquistare una libertà totale una condizione fortemente terapeutica, quanto meno capace di ritemprare e persino di far venire voglia di famiglia o del compagno che invece adesso è meglio abbandonare, per non ammazzarlo, sulla spiaggia. Le vacanze, invece, devono aiutare a far scoprire i legami sentimentali e a correggere condizioni di inimicizia, elaborandole, affrontandole e non allontanandole con distanze chilometriche credendo così di risolverle.

Ho già fatto qualche accenno alla violenza; vi devo confessare che ho una certa resistenza a parlarvi di questa catastrofe familiare; se ne parla forse troppo e la si usa persino per fare spettacolo, lo spettacolo dell'orrore. Un delitto in famiglia diventa tema da prime pagine e una uccisione dei genitori, alla Pietro Maso, dura a lungo; è ancora viva eppure si è consumata il 17 aprile del 1991.

E nessuno certamente ricorda un gesto di abnegazione e di donazione che pur è costato il sacrificio e la morte.

Una morte se è violenta fa notizia, altrimenti è banale. Come è banale il bene, e il bene dentro le famiglie è cronaca continua, ma non interessa nessuno, non fa spettacolo. E allora occorre che un marito ammazzi la moglie e magari che poi sopprima i figli e finisca con un suicidio, ripreso da una telecamera, per farlo entrare in diretta nell'archivio della nostra memoria.

Esiste una violenza del sangue, quella che si esprime sul corpo, ma anche una violenza delle belle maniere che ha come destinazione non il corpo ma la persona. Si possono provocare ferite senza spargere una goccia di sangue, senza nemmeno scalfire la cute. Così si possono vedere persone ben vestite e in ordine che sono in realtà dei cadaveri, poiché sono state violentate nella loro personalità, nel loro ruolo e nei loro diritti sociali.

La tendenza a parlare dei delitti estremi mi appare ormai come una strategia per giustificare e far risaltare come minore questa violenza nascosta e così giustificarla, se non altro perché non è la grande violenza. E si giunge a credere che quella fisica sia violenza, il resto piccola infrazione. La si può coprire persino di saggezza quando si sente difendere la sberla e attaccarvi l'aggettivo di «pedagogica».

È violenza, e forse tra le più gravi, la solitudine, quella condizione in cui si vorrebbe esistere, sia pure nei limiti delle proprie caratteristiche e possibilità, ma nessuno ti vede. Tu ci sei, in casa o nella società, ma è come non fossi mai nato. La solitudine, che domina nella società di massa, piena di gente che vaga disanimata e non vede nulla. Una società che ha perso la sensibilità per il dolore dell'altro, una mutazione che ha tolto la consapevolezza del bisogno del prossimo e delle nostre possibilità di soccorrerlo e di aiutarlo.

La violenza rivestita di solitudine, ma anche la violenza della simpatia per uno e dell'antipatia per l'altro figlio e per quello studente dell'ultimo banco a destra, a scuola. La violenza dell'agonismo che celebra un vincitore e dimentica i perdenti, gli esclusi.

La violenza ha molti volti. È violenza non prestare soccorso, è violenza non rispettare come si vorrebbe essere rispettati. E il non rispettare genera violenza, la violenza dell'abbandono e del sopruso.

Ma ora voglio parlarvi non degli esiti, ma di quelle attenzioni necessarie in famiglia perché la violenza rimanga lontana.

Il *rispetto dell'altro*, la percezione del significato, del valore di chi vive nella stessa casa. Conoscerne l'umanità, i pregi e, certo, anche i limiti. Capire il tipo di relazione che egli ha con ciascuno di noi, capire i suoi sentimenti e talora la difficoltà a esprimerli. Una conoscenza profonda, una indagine della sua persona che vuol sempre dire una scoperta del suo valore.

Quanti aspetti positivi e persino eccelsi ho trovato nei «mostri» che hanno ucciso! E mi accorgo che nessuno vuole metterli in luce per evidenziare che anche il «mostro» è un uomo e non solo un ritaglio sgradevole della umanità.

Noi non conosciamo nemmeno le persone che ci vivono accanto, siamo sempre più distratti e ci limitiamo alle azioni, a quello che hanno fatto o fanno e dimentichiamo che sempre l'azione ha prima una elaborazione, una costruzione e che pertanto è il risultato di pensieri e di sentimenti. Talora si elaborano pensieri violenti perché ci si sente indifesi e non capiti, magari viene totalmente travisato il significato con cui si era caricato quel gesto.

Rispetto dell'altro vuol dire interesse, voglia di ascoltarlo, di sentire i suoi progetti, di scoprirlo nei suoi pensieri.

Invece ci si ferma al superficiale.

Me ne accorgo, fuori di casa, quando sento parlare degli immigrati e ascolto sentenze demoniache e poi chiedo cosa conoscono della etnia a cui l'extracomunitario appartiene, oppure dei suoi pensieri, dei suoi affanni.

Non sanno nulla e tutto si ferma a un colore di pelle sgradito o a un modo di parlare che non ha nulla di raffinato. Si condanna e si dimentica che sentirsi nulla tra la gente rende violenti, poiché si è esclusi, evitati e persino insultati senza aver commesso nulla di grave, con la sola colpa di esistere e di esser venuti in un luogo dove c'è speranza di vivere, mentre si è nati in un luogo in cui il richiamo è semmai solo di morire.

Ma voglio restare dentro la famiglia: non sappiano nulla di un padre che abusa di alcol, se non che è ubriaco. Quando entra in casa in quello stato è rumoroso e incute paura e per questo lo si condanna. Nessuno cerca di capire il perché si attardi la notte a rincasare, perché senta il bisogno di riempirsi la testa di vino e di gridare. Nessuno dei familiari è disposto a capire cosa possa significare una vita di frustrazione, magari per un lavoro in cui non si è nulla; la vita di un uomo che non trova nemmeno il coraggio di avvicinarsi ai figli per non apparire loro una nullità, un padre che non vale niente. E allora si ubriaca per dimenticare la sensazione che ha di sé, preferendo una metamorfosi artificiosa in cui si maschera d'eroismo.

Un eroe ubriaco è un nulla rivestito di sogni.

Nessuno cerca di capire cosa ci sia sotto quell'attrazione per le osterie, per l'alcol anche nella consapevolezza che faccia male; nessuno vuole sapere che talora il bere è una modalità lenta per morire, per togliersi di torno sia pure rumorosamente.

Un ubriaco non ha nemmeno la forza di ammazzarsi in un sol colpo. È un debole, uno che ha sempre perso e che si sente sconfitto anche in famiglia. In quella famiglia che forse potrebbe aiutarlo, capirlo, difenderlo, mostrarne l'umanità dolorosa.

I mariti d'altra parte non capiscono il dramma esistenziale di molte mogli finite in una depressione, le scaricano al medico pur di non occuparsene. Ecco lo specialista, chi ti toglie dall'impaccio di entrare nella profondità del malessere, dentro la fatica di vivere e dello stare in quella famiglia sentendosi inutile perché nessuno ti guarda quando entri in casa, come fossi un robot di cui si devono verificare soltanto i compiti assolti, la cena preparata, il letto fatto e le camicie stirate.

La depressione della casalinga, della madre, è prima di tutto abbandono, incomprensione.

E uno crede di conoscere la propria moglie poiché vi si è dedicato negli anni verdi quando c'era l'attrazione del corpo, che ora è sfiorito, magari perché il seno è stato tirato per terra dall'allattamento dei figli e la pancia sventrata da parti difficili. Non è il caso di chiedersi come stia adesso, come viva, quale sia la sua percezione dentro quella casa, dentro il mondo. E non c'è nulla da imparare, perché restando a casa tutto il giorno non fa nulla, nulla di interessante. È semplicemente un catorcio di donna, un nulla sgradevole e non le si riconoscono nemmeno le funzioni umane: la sofferenza, i bisogni affettivi, la necessità di avere un senso. E allora diventa depressa e muore, perché la depressione è una negazione della vita, mentre ci si muove ancora un poco.

Una donna che magari sente la colpa per un figlio che non ha successo e che si è messo su una cattiva strada.

Lui, il marito, ritiene che sia stata la madre la causa, la sua eccessiva bontà, che definisce debolezza. L'amore di una madre per il figlio diventa debolezza e colpa e allora meglio che muoia. Per lui non esiste più, nemmeno si accorge di lei quando torna la sera e lei si è ormai negata, vive ma aspetta solo la fine. È fragile e non ha il coraggio di un gesto che la giustizi e la seppellisca in una tomba.

Carissimi, ricordatevi che le persone che stanno con voi in casa hanno bisogno di attenzione, non datela mai per scontata, vanno seguite, ascoltate: questo è rispetto umano.

E adesso vi chiedo perdono poiché approfitto di questa lettera per uno sfogo, una indignazione contro la bellezza.

È il paradigma di questo momento storico, della società dell'apparire, della forza, dell'attrazione. Vivere significa interessare; se si tratta di una donna, anche capacità di sedurre, di eccitare, se si tratta di un uomo vuol dire possedere muscoli e potenza sessuale.

Odio questa follia per la bellezza, questo criterio che butta fuori mercato molte persone, giovani o vecchie, perché non corrispondono ai canoni dei modelli venduti, della bellezza da bottega chirurgica e dei rifacimenti continui.

Bisogna essere belli, belle, e se non lo sei, sei morta: meglio morta che brutta.

E così si celebrano i drammi del non piacersi e dei rimedi che sanno di officina e di perversione. Uno può trovarsi domani con un naso che non gli appartiene ma che segue le norme, i canoni della bellezza. E se la propria moglie non attrae più, è finita, non interessa, non si guarda nemmeno, roba da immondezza.

E allora si va dal chirurgo estetico che ha raccomandato di rifare il seno, ma di non farselo in seguito toccare poiché si può rompere.

Odio questa società della bellezza che uccide chi non ha misure auree, chi non possiede chiappe da mostrare, chi non ha un ombelico scavato e modellato. Odio una società del corpo e non della mente, della testa pettinata e non importa se vuota e inutile. Serve solo a sostenere un cappellino di seta e capelli incollati di rosso.

Ve lo voglio dire chiaramente, sono felice di essere vecchio, sempre più lontano dai parametri estetici, spero che la curvatura delle spalle si faccia gobba, che i miei capelli che svolazzavano scomposti cadano e mi lascino solo la loro mancanza, che la mia cute si rilassi stanca. Voglio fare schifo, sono stufo di una società del bello, di un mondo che uccide chi non brilla e non è ammesso ai concorsi di qualche miss o mister. Voglio farmi zoppo, sciancato, puzzare. Voglio mostrare che persino in queste condizioni si può trovare un uomo che ha diritto di vivere e di essere considerato. E non userò profumi perché sono scandalizzato da quanto si spende in prodotti di bellezza: una cifra sufficiente per far vivere mezza Africa che muore. Voglio esser sostenuto da un bastone nodoso, voglio avere la bava alla bocca, tremare come un tarantolato. E mi piace questo papa, Giovanni Paolo II, che fa sempre più impressione nel corpo e richiama sempre più rispetto nella sua funzione.

Occorre smetterla di segregare in casa in nome dell'estetica, di dichiarare morti i brutti. È ora di finirla di dare rilievo solo al fascino del corpo e non alle capacità della mente. Mi ribello, faccio lo sciopero di ogni gesto che preservi e promuova la bellezza; girerò per le strade sputando per ripugnare fisicamente, per difendere il diritto di essere uomini e donne, giovani e vecchi, anche ai brutti. Senza considerare che il criterio estetico muta e che domani chi si è rifatto un naso dovrà staccarselo per metterne un altro. Chiedere giustizia e rispetto significa considerare che un uomo o una donna non è solo un corpo grazioso e bello, ma anche qualche cosa che non dipende da quella parte di muscolo o dalla linea degli zigomi, ma dal contenuto di un cervello che esprime dignità e saggezza, indipendenti dalla circonferenza del seno e da quella del sedere.

Rispetto significa anche saper tenere conto non di ciò che uno è nel momento attuale, ma di cosa è stato nella sua storia, grande o piccola, che è fatta di umanità e racchiude una esistenza.

E allora in quel vecchio ormai rattrappito c'è una vita degna di rispetto e magari da ascoltare e da raccontare poiché c'è dentro sofferenza e gioia, impegno, delusioni e piccoli traguardi raggiunti quando sembrava impossibile raggiungerli: senza commettere però l'errore di misurare la storia dai risultati e non da dove è partita e dagli sforzi che ha compiuto. Una storia comparata che può mostrare campione chi ha fatto poco sul piano dei riconoscimenti, ma moltissimo su quello di un destino che poteva relegarlo nel nulla e invece ne ha fatto un uomo, un uomo rispettabile e rispettoso sempre degli altri. Vale infinitamente più di uno da Guinness dei primati che ha usato l'inganno per farsi potente e diventare ancora più potente.

Rispetto dell'altro significa aiutarlo, rispondere ai suoi bisogni e, se si trova in casa nostra, ricordare quando ci ha aiutato, non per saldare i conti ma per continuare una gara di solidarietà e di generosità. È bellissimo dare, mostrare di essere disponibili, donare qualche minuto di quel tempo che verrebbe sottratto solo all'idiozia di una televisione o ai tasti di un computer. Ecco allora che si scopre il proprio nonno con una storia piena di interesse, un romanzo d'avventura mai pubblicato, ma vissuto. E non si avrà il coraggio nemmeno di pensare di liberarcene mandandolo in un deposito di vecchi, in una *dependance* del cimitero. E allora quella nonna che non sa nemmeno vestirsi, non è un catorcio ma una parte di storia a cui anche noi siamo attaccati e saldamente, e difendendola e aiutandola difendiamo la nostra storia.

Finiamola di vergognarci del nostro passato e dei nostri vecchi perché non sono *à la page*, non parlano l'inglese o l'italiano correttamente. Smettiamola di vergognarci, essendo noi fregiati di una laurea, di chi non ha ottenuto nemmeno un diploma di scuola media. Finiamola di mettere in un armadio uno zio che viene dal Sud e che parla solo il dialetto di chi ha saputo trarre da quella terra, bella e maledetta, la vita. Smettiamola di vergognarci della nostra storia ed esibiamo questi cimeli, brutti e poco eleganti, ma pieni di significato.

Ormai si tende a mostrare le automobili e non i parenti che finiscono per essere sempre fuori tempo nei confronti di una società accelerata che corre come un pazzo, che non si chiede mai dove stia andando e perché.

Cosa pagherei per poter presentare, e anzi esporre davanti a casa, mia nonna Virginia che tabaccava, mentre dalla sua lunga veste estraeva una bellissima tabacchiera, tenuta chiusa dalla certezza di un elastico, per dare seguito a una liturgia che sembrava non finire mai.

La apriva, poi preparava il naso assicurandosi che le narici fossero bene aperte per non sprecare nulla e poi dimensionava bene la «presa» sapendo che se è in eccesso stimola lo starnuto e si perde tutto, se è scarsa non si sente nulla. La poneva nella tabacchiera anatomica, tra indice e pollice aperti a fionda, e poi inspirava chiudendo gli occhi, come vedesse a occhi chiusi ancor più nitidamente il paradiso. E tirava e si massaggiava le ali nasali perché nemmeno un granello di tabacco rimanesse inoperoso dentro qualche piega insensibile e lontana dalla musica della delizia. E quando finalmente il tutto era andato a buon fine, apriva gli occhi, subito metteva a posto la tabacchiera chiudendola e vincendo la tentazione di «fare una doppia» e la riponeva in una tasca che sembrava a fondo perduto che solo lei poteva reperire con certezza, ed era pronta a sorridere.

Certo, se la liturgia era errata in qualche minimo particolare, poteva partire una scarica di starnuti, come cannoni che annunciano l'arrivo in porto almeno di una regina.

Magari potessi presentare ai miei amici, quelli importanti, mia nonna Virginia; la esibirei con la fierezza con cui si mostra un cardinale o, se mi si permette un confronto certo inopportuno, un grande papa come Leone XIII, un grande «tabaccone», che iniziava le udienze private estraendo dalle sacre vesti una tabacchiera, una tra le molte che ora sono esposte nel Tesoro di San Pietro.

Si narra di lui che, dovendo ricevere, su pressioni della Segreteria di Stato, un cardinale londinese che detestava, avesse iniziato, *more solito*, l'udienza offrendo la prima «presa» di tabacco all'ospite. E che questi, con estrema umiltà, avesse rifiutato dicendo: «Santità, non ho questo vizio». Il papa della *Rerum Novarum* gli rispose, mentre inspirava una presa papale: «Eminenza, se fosse un vizio lei ce l'avrebbe».

Basta con il nascondere persone che fanno parte della nostra stessa storia. Nascondendole, manchiamo loro di rispetto, come quando le depositiamo in un ospizio, fuori del mondo, morte in attesa di sepoltura.

La violenza si lega anche al non conoscere cosa sia *il significato della vita e della morte.* Quando si fa violenza a una persona, si violenta la vita e, all'estremo, la si trasforma in morte. Bisogna che ognuno di noi, e tutti insieme, pensi al significato del nostro essere al mondo e, quindi, al valore in sé di questo evento.

Lo si può caricare di tutta la razionalità e la scienza oggi possibili, ma rimane pur sempre qualche cosa che sfugge, che affascina e che spaventa, che ammalia e rende timorosi. Se si coglie questa dimensione è difficile essere violenti. Occorre sedersi attorno a un tavolo, spegnere il televisore e pensare, scambiarsi idee sulla vita, sul suo significato, paragonarci a un fiore, a una farfalla e persino a un frammento di roccia che è apparso sul pianeta, e anzi si è fatto pianeta, prima che l'uomo e ogni altra forma di vita esistessero. La vita, il senso del non senso, il significato del significato. Fa bene perdersi e avere coscienza di non sapere, di ignorare, di desiderare di sapere ma di non essere soddisfatti delle risposte che si ottengono sulle stesse domande che la mente si pone.

Se indaghiamo la vita o come ci appare, non avremo mai il coraggio di aggredirla, di violarla.

Bisogna meditare sulla morte, insegnarla e non sostenere che sia meglio evitare simili pensieri, che non se ne debba parlare ai giovani, quando vediamo che si uccidono e ammazzano senza sapere cosa fanno. La stoltezza di un tempo che pensa di essere saggio perché ignora la morte.

Se conosci la morte o la percepisci nella sua drammaticità, non hai certo il coraggio di diventare Morte, uccidendo. La morte cancella una storia e la cancella quando è ancora incompleta e si avrebbe desiderato scriverne almeno un altro po', per rimediare alla imprecisione e alla tristezza dei capitoli già consumati.

Chi sei tu, uomo che dipendi in ogni momento dalla morte? E cosa la tua grandezza e la bramosia di potere che non trovano pace?

La *meditatio mortis* è triste, ma evita certamente la tristezza di violare la vita e di cancellarla. Una società che si rifiuta di pensare alla morte sarà piena di gente che uccide e che si ammazza: sarà una società violenta.

Carissimi, per molti di voi la morte è la «sorella morte» di frate Francesco, l'inizio di una nuova vita.

Io non riesco ad amarla, amo la vita anche se è piena di affanno. Ho scoperto che la si può alleviare e che l'uomo, capace di uccidere, può non farlo, può costruire una società umana, fatta di modestia e all'insegna del mistero, ai limiti che la vita pone.

Maledetta morte, arrivi sempre quando uno sta per rimediare al male che aveva commesso, gli togli la possibilità di chiedere perdono, di dedicarsi agli altri, al loro rispetto.

Io amo la vita, l'uomo rotto, credo nelle famiglie, anche in quelle più disastrate, perché so che basta poco per cambiare un ghigno in un sorriso e per dare fiducia a chi si sente senza significato e magari per questo diventa cattivo. La morte segna la fine anche della possibilità dell'uomo di migliorarsi e di portare pace, se sino a quel momento ha promosso conflitto e lotta. Ecco perché amo anche l'uomo rotto e non credo mai che meriti di essere ucciso, trovo la pena di morte una follia della società del potere, un potere che certo non ha meditato sulla morte, perché altrimenti non avrebbe mai il coraggio di applicarla pensando di «fare giustizia»: povera giustizia.

Si muore perché la vita ha un'aporia, un limite che io detesto. Il tempo permetterebbe di rimediare a tanti errori che ciascuno di noi commette, a partire proprio dalla famiglia.

Io voglio vivere su questa terra, in questa baia a Inverkirkaig dove l'uomo non sa essere cattivo e non può pensare a violare la vita, a maltrattare il mondo, poiché tutto qui parla di gioia e di dolore e il tramonto è commozione, mai disperazione. Meditando sul mistero straordinario della vita e sul velo nero della morte, con cui io non voglio avere nulla da dividere, non è possibile essere violenti e uccidere.

Per evitare la violenza occorre ancora percepire *il senso del limite del proprio ruolo dentro la famiglia.*

Nella famiglia non ci sono poteri di dominio, ma solo funzioni date dai ruoli. Ogni posizione, che è precisa e differente dall'altra, non è mai a unica direzione, ma si attua sempre con la comunicazione, per cui non è possibile ottenere alcun risultato senza la contemporanea volontà di collaborare.

Appaiono lontane, e certo oggi non adeguate, le posizioni di intransigenza del potere con ruoli così rigidi da non lasciare spazio alla dinamica che i singoli momenti richiedono. Persino l'educazione non va nel senso di uno che educa e dà, e un altro che viene educato e riceve. Si educa imparando e venendo educati. Nell'imperio si ordina indipendentemente da una motivazione, dalla ricerca di una comprensione e di una richiesta, si ordina perché si può: ecco il potere assoluto. Nello stile dell'educazione si cerca di rendere consapevole e condivisibile la richiesta e, semmai, si dà un comando sulla convinzione che ogni altra soluzione è errata e sulla certezza che quell'atteggiamento non intacca mai il legame affettivo.

Insomma, è la differenza tra autoritarismo e autorità, il primo è un rapporto di forza: «Fai perché io sono più forte e ti obbligo», nel secondo: «Fai poiché la fiducia che hai in me, l'amore che sai mi lega a te, mi portano in questo momento a chiederti di fare quanto ti suggerisco anche se non lo condividi, del resto non posso accettare la tua soluzione comportamentale poiché è contro i miei princìpi e mancherei come educatore nei tuoi confronti».

È evidente che nell'autoritarismo la posizione è di contrapposizione pregiudiziale, mentre nel caso dell'autorità, la contrapposizione si esprime in un clima di credibilità e di stima del figlio nei riguardi del padre. Anche l'autorità non deve mai avere fretta nel giungere alla decisione e deve insistere e giocare tutte le carte possibili del convincimento. La violenza non entra mai nell'autorità ed è sempre presente nell'autoritarismo che vuole dimostrare continuamente all'altro il proprio dominio e a se stesso di essere il più forte. L'imperioso è un debole che deve convincersi di essere potente e che deve esercitare una forza che non ha, anche se è nelle condizioni di poterla imporre magari con l'aiuto di complici o di colonnelli.

Carissimi, vi potreste chiedere, a questo punto, come mai per tanto tempo si sono educati figli e gestite atmosfere familiari con il principio del «fai senza discutere», e dunque sulla forza del potere e della punizione di cui sempre il potere ha bisogno. È una domanda legittima, teorica, anche se conduce a un confronto di mondi tanto diversi da non essere paragonabili.

Io sono persuaso che l'educazione imperativa d'un tempo, con i padri nelle vesti di piccoli ras a cui si dava del lei per segnare le distanze e limitare persino la confidenza, abbia prodotto frutti che oggi non sarebbe possibile ottenere, proprio perché le esigenze sono diverse, le sensibilità e il gusto della opposizione fortissimi. I giovani da educare – e persino i bambini – sono cambiati, sia perché l'uomo è sempre frutto oltre che della biologia anche degli ambienti e dei climi culturali, sia perché li conosciamo oggi attraverso una scienza che è radicalmente mutata. Basterebbe a indicarlo la convinzione, durata fino alla seconda guerra mondiale, che i bambini da zero a un anno e mezzo fossero dei vegetali da far crescere in altezza e peso. Oggi si è scoperto che esistono bisogni psicologici fin dal primo momento, dalla nascita e persino durante la vita fetale.

Una simile conoscenza non giustifica più il comportamento che per secoli si è tenuto con i bambini nella primissima infanzia e porrebbe nell'errore chi volesse continuare a difendere un sistema antico, che sul piano empirico ha funzionato dal momento che esistono nonni straordinari e magari anche adulti di valore, frutto di quella educazione.

Insomma, è talmente cambiato tutto, dai padri ai bambini, al clima sociale e culturale, che ogni confronto risulterebbe solo un gioco impossibile fra due mondi contrapposti.

Analogamente dovrebbero essere considerate certe affermazioni come «C'è troppo benessere», espresse in una specie di nostalgia per i periodi della crisi economica e della fame. È vero, il tempo presente offre ai giovani oggetti in una tale quantità che ricorda lo spreco e quindi fa ritornare alla mente periodi in cui mancava il necessario, ma è altrettanto vero che ai bisogni primari, allora esclusivi, si sono aggiunti quelli della personalità e dei legami sociali.

Facciamo fatica ad accettare, almeno in pratica, che l'uomo cambia radicalmente, che le relazioni sociali sono altre rispetto solo a pochi anni fa. Basterebbe ricordare che fino al dopoguerra nel nostro Paese nessun uomo o donna pensava di sposarsi e di poter poi rompere il matrimonio e questo non accadeva semplicemente perché la separazione non era compresa tra le possibilità. Era una follia e semmai un vizio per i ricchi attori di Hollywood, per un'America che sembrava un mondo della fantasia e della perversione, oppure per casi strani quanto lontani dalla esperienza della maggior parte delle famiglie.

Ho insistito sul confronto tra modelli familiari perché so che si tratta di un tema che viene spesso discusso e quando qualcosa va male si fa emergere sempre lo stile passato, i tempi in cui non c'era la droga, dominava il rispetto e in famiglia non si era angosciati dai problemi dei figli e del loro ritorno a casa la notte. È un riferimento che esprime il dolore e il peso di una situazione attuale, ma non ha alcun senso operativo, semplicemente perché il mondo è cambiato ed è cambiato anche l'uomo. Con la consapevolezza che potrà cambiare ancora.

La mia attenzione al funzionamento della famiglia, e *in primis* alla sua difesa dalla violenza, le mie considerazioni e suggerimenti si pongono nel desiderio di aiutarla a crescere e a espletare la propria funzione con gratificazione.

E questo è un altro messaggio che voglio vi giunga: la famiglia non come fatica, la vita non come disgrazia o sacrificio, non come valle di lacrime, ma come gioia. E per poter vivere serenamente non si può avere la guerra in casa, nel luogo che deve semmai funzionare da rifugio, anche quando la guerra si combatte nelle strade della nostra città. E la pace a casa è possibile. Ogni giorno ascolto tragedie e ogni giorno mi accorgo che la tragedia confina con la pace e con la serenità.

Almeno in casa c'è bisogno di pace. Ognuno di noi vive ormai in altre trincee e in altri luoghi dove la violenza può esser sistema di produzione, dove considerare nemico il vicino è una tecnica di sopravvivenza.

Non voglio contribuire a una favola, a quella di una famiglia che salva dal mondo e che ha un potere miracoloso: la sua serenità è semplicemente una necessità per vivere, ma non immunizza affatto dalle situazioni e dalle scelte che ognuno dei suoi componenti compie dentro il mondo più vasto.

È importante, invece, avere il senso del limite sulla funzione della famiglia, sia per non creare l'illusione che con quella famiglia tutto sarà rose e fiori, sia per non chiudersi al suo interno come in una torre fuori dal mondo. La famiglia non garantisce altrettanta serenità al suo esterno e talora a casa arrivano persone distrutte, non solo nel loro corpo ma nella mente, nel comportamento, cariche di errori che difficilmente si riparano, almeno in poco tempo.

Persone colpite da malattie fisiche e sociali, da episodi che sembrano averle escluse per sempre da una vita dignitosa, giovani in carcere e nonostante quella famiglia. La famiglia è una sicurezza, ma non *ogni* sicurezza.

È bene che la famiglia funzioni anche da periscopio sul mondo, per ciascuno dei suoi componenti. C'è uno stile di vita, una percezione dei doveri e dei pericoli che va oltre la competenza. Allora bisogna ascoltare, capire, esprimere i propri pareri con prudenza, con tanto affetto e con il senso del pericolo che incombe in una società che sembra fatta di lupi, sia pure elegantemente vestiti di perbenismo e di bontà.

E con tutto quanto c'è da ascoltare e capire, mi domando come sia possibile che ogni famiglia dedichi giornalmente alla televisione quattro ore e mezzo di attenzione esclusiva.

E già questa è follia.

Auspico che la tua famiglia sia disposta e attenta ad ascoltare le vicende che i suoi componenti vivono, quando ne sono al di fuori, che divenga una vedetta guidata dall'affetto, per seguire, con il desiderio dell'appartenenza e con la forza dei legami familiari, i fatti, per poter cogliere magari segnali che chi agisce non vede. Ma non siate presi dalla disperazione quando le cose vanno come nessuno avrebbe voluto. La disperazione è solo distruttiva e non serve mai.

Voglio ora riempire i fogli da lettera che mi rimangono con le mie riflessioni su ciascuno dei ruoli che appartengono alla famiglia.

Dopo aver composto una sonata, occorre farne una trascrizione per strumenti e dunque comporre lo spartito per il violino e per il violoncello e uno, che significa una scrittura apposita, per la viola da gamba o per la viola d'amore.

Non si tratta di capitoli staccati, almeno nel senso che ogni pagina dedicata a uno strumento acquista significato solo quando gli strumenti suonano insieme, insomma serve a preparare ognuno all'*ensemble*.

Mi rivolgerò a ciascuno di voi separatamente anche se non dimenticherò nemmeno per un secondo che siete individui dentro un gruppo familiare, e ben sapendo che ciascuno oltre a questa dimensione ne ha altre, dentro la professione e i compiti sociali che si è assunto.

La madre

Cara signora, il pericolo che corri è di dedicarti completamente alla famiglia, di considerare che non c'è altro al di fuori di questo piccolo mondo e, quindi, di assumere tutto il significato al suo interno e di perderlo completamente quando ne sei fuori. La madre deve svolgere il meglio possibile la funzione familiare, e in alcuni momenti l'impegno è enorme, ma non può ridursi a esso e quindi deve poter coltivare e promuovere un senso fuori della famiglia.

In genere si fa riferimento a una professione. Io ritengo che si riduca in questo modo una visione ben più ampia, che comprende attività che non necessariamente si pongono in una organizzazione del lavoro. È evidente che in questa scelta gioca la condizione economica, però bisogna stare attenti a non cadere nella trappola che fa apparire i denari sempre insufficienti. Basta alzare un po' le esigenze, e lo si può fare all'infinito: si trova sempre un motivo per andare a lavorare, per esercitare un ruolo «denaro-dipendente» fuori della famiglia. Bisogna stare attenti poiché talora un profitto, anche interessante, non riesce a coprire i costi materiali e soprattutto psicologici che l'assenza da casa comporta e possono impedire di svolgere il ruolo familiare.

Non rinunciare mai a esercitarlo, ma non accettare mai di esercitare solo quello. Ecco che allora il lavoro va scelto al meglio, tenendo conto che non necessariamente bisogna timbrare un cartellino e ricevere una cedola salariale per espletare un compito e per avere un senso fuori casa.

Insisto su questo punto proprio per rompere uno stereotipo, in particolare in un momento sociale in cui il mercato del lavoro è fortemente in crisi e le offerte sono ridotte e sono poco gratificanti, sia economicamente sia sul piano dei bisogni personali.

Dunque non rinunciare mai a svolgere bene il ruolo di madre, ma non dimenticare che rimane, per lo più, il tempo per fare altro.

Per valutare il tuo modo di essere madre non ci sono ricette o pesi o test semplici a cui affidarsi, ma vale la tua percezione, il giudizio che senti continuamente su di te e che vedi nelle espressioni e nelle richieste dei tuoi figli e di tuo marito. Insomma, sei tu il giudice, e tieni conto che i mariti sovente tendono a volere la moglie in casa in maniera sconsiderata, magari per un senso di possesso e quindi di gelosia esagerata di cui possono soffrire. Tieni presente che anche i figli, almeno in una certa età, desiderano avere la madre a portata di chiamata e totalmente disponibile.

Devi credere alla tua percezione e al senso di gratificazione che l'impegno in famiglia ti dà.

Non puoi fondarti, per espletare questo ruolo, sull'azione vicaria del marito o del personale di servizio.

Partiamo dal marito: considero una sciocchezza la posizione del padre che fa la madre e permettimi persino di considerarla ridicola. È paradossale vedere che i padri fanno le madri e che nessuno fa propriamente il padre. Come sai bene, è un ruolo assente, il padre non c'è, nel senso di non esercitare la propria funzione. Ora si scopre che invece fa la mamma e si innalzano elogi per come cambia i pannolini al neonato o per come prepara la minestra ai figli che tornano dalle scuole elementari. È un assurdo.

Il pericolo di una madre è di farlo troppo, fino alla ossessione; il pericolo del padre è di non farlo mai e magari di fare la madre.

Il padre deve essere padre e non fare la madre per permetterle di svolgere un lavoro fuori casa.

Così vale per le badanti, termine orrendo, così lontano da ruoli di legami affettivi. Del resto nessuno può pretendere che a dare affetto sia una persona assunta come baby sitter, magari una extracomunitaria circondata persino dal disprezzo e accettata solo perché costa poco. Si può pretendere che svolga una mansione nel modo indicato, ma tra una mansione e un accudire affettivamente c'è un baratro, è bene saperlo.

Meglio una nonna: insomma, la distinzione tra qualcuno della famiglia che svolga un compito e chi non ne ha relazione alcuna è abissale.

Ma nemmeno una nonna può sostituire la madre.

Insomma tu sei madre e questo ruolo spetta a te, soltanto a te e comporta richieste e impegno diversi a seconda dell'età di tuo figlio o dei tuoi figli. Per questo mi piace coniugare al plurale ormai il ruolo che tu svolgi.

E qui le cose sono un po' complicate, ma non poi tanto, anche se in questa lettera devo intrattenerti in maniera semplice e breve.

Tra zero e tre anni si compie nel bambino il processo di separazione-individuazione che è uno dei punti essenziali della crescita, poiché è con il compimento di questo processo che un bambino si percepisce come una unità staccata e in grado di raggiungere un primo livello di autonomia, nel senso di potersi relazionare con gli altri. Non ti sembri troppo scontata questa affermazione e pensa che alla nascita il bambino non si distingue come qualche cosa di separato da te e quindi deve procedere verso l'acquisizione di una diversità che sorge solo se si confronta continuamente con persone stabili, e la madre gli serve per distinguersi da lei e se cambia come in un caleidoscopio, lui non riesce a percepire un che di stabile su cui confrontare la propria individuazione, una individuazione che avviene proprio attraverso la separazione. Solo così non sarà un bambino timido, ma fiducioso e si proporrà, andrà verso gli altri e verso gli altri bambini per giocare o per scambiare la propria esperienza.

Un tempo si pensava che questo riferimento dovesse essere in maniera esclusiva la madre, la famosa diade madre-bambino; oggi sappiamo che il riferimento può e deve essere un piccolo gruppo stabile e quindi si è allargata al padre e ai nonni, o comunque a quelle cinque-sei persone che costituiscono la famiglia.

Non contare molto sugli asili nido a meno che non siano gestiti in piccoli gruppi con una maestra di riferimento che finisce per far parte, venire incorporata nel gruppo stabile di ciascun bambino. Ed esistono ormai servizi sociali che sono proprio definiti per questa fascia esclusiva di età.

È fuori di dubbio che non puoi usare il televisore come baby sitter a poco prezzo, perché presenta delle immagini con una rapidità e con un'accelerazione che sono in contrapposizione netta con la richiesta di stabilità.

I primi tre anni, come vedi, sono di particolare impegno per una madre e quindi occorre che l'attività fuori casa sia ridotta, e io auspico sempre che il mercato del lavoro e delle previdenze ne tenga conto per rispettare le esigenze del bambino. Ora per fortuna la madre ha ripreso l'abitudine di allattare i figli e permettimi di affermare che non è solo salutare per loro, sul piano fisico e relazionale, ma è anche gratificante per lei. Si sente nutrice dentro un legame stupendo che risalta in tutta la sua magnificenza e poesia, se lo si confronta con un padre in grembiule che tiene in mano un biberon freddo e orrendo, rispetto a una mammella turgida di latte e vogliosa di essere succhiata.

Se metti al mondo un bambino, e io ti auguro di fare questa esperienza eccezionale, sappi che per i primi tre anni dovrai vivere in gran parte per lui.

E per far risaltare questa mia affermazione ora permettimi di fare un salto e raggiungere la pubertà, quando per tuo figlio o tua figlia comincia la metamorfosi del corpo, ma anche della personalità e della sensibilità sociale.

Anche qui c'è la ricerca di un ulteriore livello di autonomia, questa volta non nell'acquisizione di un Sé che sappia relazionarsi con altri, ma un'autonomia psicologica dalla famiglia per poter uscire e sperimentare le relazioni sociali, non più sotto l'ombrello e la guida di papà e mamma.

Ebbene, in questo momento il pericolo per una madre è di voler esserci a tutti i costi, di voler imporsi, di controllare eccessivamente il bisogno, anche di avventura che l'adolescente cerca. In questa fase è positivo che te ne stia anche lontana, senza rancori certo, e senza rispondere violentemente alle provocazioni – talora da guerra! – che gli adolescenti mandano contro la famiglia nel suo insieme, inclusa la casa che non piace e che trovano anzi sgradevole. Ecco un momento in cui ti puoi dedicare di più, e da allora sempre di più, a una dimensione fuori dalla famiglia, a meno di non avere altri figli che ora abbiano un'età che richiede l'impegno già superato dal primo.

Insomma, il ruolo di madre ha periodi di diversa attività e guai a non esserci quando occorre, mentre non serve o serve starne lontano, in età differenti. E ciò, ovviamente, non vuol dire abbandono, ma una presenza da lontano, una presenza che si riallaccia nel racconto e nell'ascolto della vita del figlio vissuta fuori casa, e che tende a diventare anche segreta, legata a quella migliore amica o a quel gruppo di pari età che finisce per rappresentare la nuova famiglia socialmente intesa.

Se non prendi le distanze e continui a fare la madre dedicata anima e corpo, finirai per essere inopportuna ed esserci quando sarebbe meglio non esserci e persino esercitare un mammismo insopportabile. Senza accorgertene, cercherai di dimostrare di essere necessaria a tuo figlio e quindi lo vedrai sempre insicuro, incapace, vicino a commettere sciocchezze se non rimanesse sotto il tuo sguardo. E tutto questo, in realtà, è per assicurarti un ruolo senza il quale non sei nessuno. Diventerai una madre odiosa, una di quelle che interferiscono persino nel suo matrimonio, se mai quel figlio sarà capace di scegliere una donna che non sia la madre o come la madre. E persino da vecchia lo condizionerai perché lo vorrai sempre vicino a te e lo attirerai, lo obbligherai con i ricatti della salute, con quei silenzi che sanno di violenza.

Una madre solo madre è un pericolo grosso. Come vedi, sono fuori dello stereotipo della esaltazione della madre, di questa società del mammismo.

Ci sono delle madri tremende, è bene che tu lo sappia, per non diventarlo. Come un violino che vuole suonare sempre, anche quando non ha un ruolo sullo spartito, se non suona si sente non-violino e così rovina le capacità singole e di *ensemble* di ogni altro strumento.

Ai figli, a partire dalla prima adolescenza, piace che la madre abbia una propria identità nel mondo.

E ora permettimi di vederti per un po' come moglie.

Non accettare mai di diventare succube di tuo marito. Rifiuta di esser trasformata in una serva che accoglie ordini e che, alla esecuzione puntuale, riceve in cambio silenzio e semmai rimbrotti. Non diventare una cameriera e dunque non accettare nemmeno di essere al servizio di un signore che, stanco, deve venire rifocillato da una moglie sempre gentile; ricordalo: per essere gentili bisogna godere della libertà persino di non esserlo. Mentre una serva deve servire sempre, tu sei la moglie, la compagna, una che si trova in una relazione d'affetto con lui, e non dimenticare anche che, se una moglie diventa schiava, è perché lo ha voluto.

Rifiuta ogni atteggiamento che non rispetti il tuo ruolo e la sua sacralità: sei quella che ha messo al mondo i figli, che ha dedicato la propria vita a un progetto di famiglia.

Non c'è mai nessuna motivazione sufficiente perché tu debba accettare di esser trattata male, sia sul piano psicologico sia fisico. Non tollerare mai una sberla, un danno fisico. Devi mettere in chiaro, davanti a tutti i componenti la famiglia, che non lo accetti e che, se succede, te ne vai e te ne devi andare. Se accetti una sberla, sappi che hai dato anche il consenso per avere il viso rotto e già hai aperto la porta perché la violenza divenga lo stile della famiglia e passi magari sui figli. Se sei colpita ingiustamente, e spero che non accada, recati a un pronto soccorso e poi denuncia il fatto. Non farlo, significa nascondere le botte e poi la rovina che quelle botte portano: il risentimento e l'odio.

Denuncia tuo marito e un giorno ti ringrazierà di non averlo reso un mostro e di non avergli permesso di considerarti un oggetto di sfogo della rabbia e della frustrazione. Tu sei un essere umano, una donna e una moglie che può aiutare, ma con sistemi attivi e non come vittima. Non accettare mai la più piccola violenza: è l'unica maniera per mostrare che hai una dignità e nessuna donna può permettere a un marito di abusare, *mai, in nessuna circostanza,* di una condizione di inferiorità. La violenza, la sopraffazione di tuo marito non la devi accettare se gli vuoi bene; quando fa del male fisico a te, lo fa a se stesso e a tutti i componenti della famiglia e dunque esci di casa se ti sta trattando male, grida, chiama attenzione e difesa. Un violento va aiutato e la prima mossa, anche se eclatante, è di impedirgli di esercitare la violenza.

È possibile non giungere a tanto, perché la violenza si esprime prima attraverso la rabbia, che è una violenza ancora dentro di noi, e quindi sotto un certo controllo che però, dopo un po', può non funzionare.

E allora bisogna capire quella rabbia, la sua causa, e le possibilità sono principalmente tre: la frustrazione accumulata fuori di casa e liberata in un luogo dove si pensa di poter non azionare i freni inibitori; la gelosia; la sensazione di non contare nulla in casa, di non aver senso. Su tutte queste cause o motivazioni forti si può intervenire e aiutare, e nell'aiuto una moglie serve e serve il suo affetto. Un aiuto d'amore.

Permettimi adesso di aggiungere un'altra causa possibile: la tua infedeltà. E non offenderti, ti prego; questa licenza e il rischio di sbagliare riferendomi a te trovano forza sulla conoscenza che il settantacinque per cento degli uomini e delle donne hanno rapporti extraconiugali.

Lo so, è ingiusto che tuo marito se la prenda con te se anche lui va con un'altra. Si dovrebbe applicare la regola della parità e della equivalenza e, dunque, azzerare le reciproche infedeltà. Non è così, anzi l'infedele è il peggiore intollerante della infedeltà della moglie.

Io non voglio che tu sia infedele perché lo è lui.

Non buttarti via; se non sai stare alle regole di una fedeltà, analizza la tua storia, esci da quella relazione, affronta il problema nel senso concreto. E non dimenticare che la relazione extraconiugale fa parte del regno della passione, del campo degli orgasmi, se ci sono, mentre il matrimonio appartiene alla scenografia della solidarietà, della storia in comune, del rispetto per i propri figli e di tutto quanto ti ho già indicato.

Non voler fare la moglie furba, ma sii moglie senza aggettivi e, se hai preso un impegno così rilevante come quello di un insieme familiare, devi frenare anche le passioni e lasciare perdere le avventure che, nel migliore dei casi, soddisfano la *pruderie* che sa di meretricio e, se si tratta di una relazione più importante, allora si impone una pausa per discutere tutta la storia matrimoniale e magari troncarla è meglio di una soluzione da *boudoir*.

Questa valutazione vale per te moglie e per lui marito, senza la minima differenza. Ma va vinto il pregiudizio che a tradire sia prevalentemente l'uomo. È falso, a partire dalle conclusioni della statistica.

Vorrei lasciare questo terreno, che forse ti ha infastidito, per ricordarti un altro aspetto importante per una esplicitazione serena del tuo ruolo di moglie. Riguarda la condizione economica o il grado di istruzione dei due coniugi. Talora sono più elevati in lei, talora in lui, e questo sovente crea situazioni di vassallaggio o di distinzione.

Ricordati, e ricordalo a tuo marito, che il sapere non è legato solo a un certificato esposto e incorniciato, ma è una funzione di doti che possono essere insigni in chi non ha nulla da appendere in salotto.

Tu sei moglie e madre e questi sono titoli straordinari e fare la madre, soddisfacendo i bisogni della crescita dei propri figli, è un segno di grande competenza e magari a darti un titolo di merito sono i tuoi stessi figli, i veri esperti.

Cara signora, ricordati infine che essere madre è bello e non come appare guardando questa società, in cui a volte è più stimato il ruolo di segretaria d'azienda o di commessa.

Carissimo padre, rivolgendomi a te mi pare di scrivere a uno che non c'è, a un padre mancato. Non so colpevolizzarti perché ti voglio bene, perché soffri e risenti del tempo presente, in cui l'uomo si muove senza sapere perché, oberato dagli stimoli del momento e con la paura che la batteria si scarichi. Provo soltanto pena perché segui ancora il criterio eroico di chi deve dimostrare di fare cose grandi anche quando non combina nulla, come se fosse questo il paradigma da seguire. Un residuo della cultura del cacciatore, con la donna a casa per risolvere i problemi del quotidiano, allevare i figli ed educarli, e lui che ogni tanto porta a casa una gazzella e tutti si abbuffano, mentre nel quotidiano si va avanti a minestrine e qualche uovo sodo.

Alla caccia è seguito il tempo dei guerrieri, e allora hai indossato una corazza e un elmo e lo porti anche per ripararti dall'acqua e così diventi un Don Chisciotte di oggi e questa volta non fai sorridere, ma semplicemente pena.

Essendo un assente, un vuoto, ogni tanto per farti notare, diventi insopportabile.

Mi fai pena, anche se sei rispettato in azienda o nella tua professione, qualsiasi essa sia.

Sei tutto da rifare, e dovresti partire da queste domande: ami veramente i tuoi figli e dunque hai una voglia forte di stare con loro e di sentirli e di condividere non solo le parole ma le loro esperienze, magari quelle semplici, come andare a spasso o in bicicletta insieme? Ti piace esser marito di quella signora, anche se forse non ha più il corpo che tanto ti attraeva? Ti piace o no? Parli di casa tua? Ne sei fiero?

Queste sono le domande e, se non hai capito che è bello essere padre e marito, bello vivere dentro la famiglia che ha il vantaggio – unico ed esclusivo rispetto alle altre aziende – di riguardare i sentimenti, ti ridurrai a uno che arriva a casa sempre più tardi e che sente la famiglia come pessimo ingombro. E ti affannerai a dire che porti i soldi, che fatichi per loro, per tua moglie e per i figli; invece, mio caro, non sai fare altro, ridotto a una piccola macchinetta operativa.

Lo so, possiedi un'auto nuova, una di quelle che ti senti addosso come un cappotto griffato e che, quando innesti la quinta, ti pare di essere in paradiso. Lo so, sei rivestito di simboli araldici, hai l'orologio di una marca che richiede ancora la carica manuale chic, il mattino hai il problema se indossare i boxer o lo slippino e di quale colore.

Se mi permetti un consiglio, per ritrovarti cerca di fare il padre e il marito, scoprirai la bellezza di avere un senso e la grandezza dell'affettività e del valore dei sentimenti invece che quella di un carniere con selvaggina che rischia di essere di frodo. Porta a casa meno roba, meno simboli e portati a casa tu, perché i figli hanno bisogno di te e così tua moglie, e scoprendo che sei essenziale per loro avrai la dimensione anche di te stesso e allora potrai esistere senza faticare per l'inutile, per ricoprirti di cose che ti diano un senso. In quel modo non solo non lo ottieni, ma ti perdi sempre di più. Fermati, «perditi per finalmente ritrovarti».

Vorrei che tu capissi che hai bisogno dei figli e non è vero che loro hanno, *e solo loro*, bisogno di te. Tu hai bisogno di contare nella famiglia e di avere un senso. Hai bisogno dell'autorità che si fonda anche sull'affetto, sul tuo carisma. Scopriresti la bellezza della necessità e verresti a casa di corsa, controlleresti l'orologio per lasciare l'ufficio o qualunque luogo di lavoro per la voglia, per il piacere, la bellezza di essere padre e marito. Hai bisogno di contare e non serve esser eroe, basta essere uomo. Se sei un buon padre, avrai una moglie che ti apprezza e ti vorrà più bene, perché sei parte di lei, dentro i tuoi figli che sono i suoi. Farai parte dell'*ensemble*. Ti faccio tanti auguri perché il tuo percorso si compia: passare da macchina per fare soldi – tanti o pochi non importa – a uomo e da uomo a padre e marito. Sono certo che ce la farai.

I figli

Desidero parlarvi al plurale, non perché ritenga verità assoluta che sia meglio avere dei fratelli che restare figli unici, ma semplicemente per il fatto che in più si riesce ad avere una dimensione di sé non improntata a unicità, con il bisogno di sentirsi sempre al centro del piccolo mondo familiare e con il rischio di un protagonismo che diventa sterile e narcisistico. Credo che la categoria dei fratelli, che sta scomparendo, sia positiva poiché rappresenta già un confronto, un porsi sullo stesso piano, sia pure con le differenze di età e di sesso. E, poi, persino tra conflitti, si sviluppa una complicità che rimane per tutta la vita. Certo, due o più figli mettono a dura prova le simpatie che sia nel padre sia nella madre si avvertono e devono essere tenute sotto controllo per non creare differenziazioni che finirebbero per indurre nei figli comportamenti contrapposti. Insomma, credo che, pur richiedendo uno sforzo e impegno maggiore, il gruppo dei fratelli sia una garanzia di maggior equilibrio e una opportunità per poter allargare l'organico dell'*ensemble* familiare e il buon esito della composizione e della sonata.

Non vi è dubbio, maschio e femmina sono due specificazioni umane molto diverse, che tuttavia non implicano diversità di valore e di senso, sia nella famiglia sia nella società e, dunque, nei progetti per il futuro. La femminilità ha caratteristiche diverse dalla mascolinità e l'educazione deve preservare ciò che già la biologia garantisce e associarvi le integrazioni culturali, proprio per fare una donna e un uomo e non un misto, una sorta di efebo. Sono convinto vi sia una educazione della femminilità e una diversa della mascolinità e, dunque, anche dei ruoli sociali, specifici e insostituibili e non intercambiabili come si vorrebbe, ma a parità di ruolo sociale, non vi deve essere alcuna differenza nella valutazione e nella gratificazione. Dunque, sono contro le due velocità, sia nei casi in cui si premia il maschio, la maggior parte, sia in quelli in cui è la femmina ad avere un occhio e una valutazione di riguardo.

Mi appare forzata la voglia di cancellare ogni differenza, così come l'esatto opposto, cioè la tendenza a sottolineare la distinzione in ogni espressione e caratteristica sociale.

Mi sono occupato dell'ingresso delle donne nelle caserme e, dunque, nel servizio militare che è sempre un servizio di guerra o di preparazione alla battaglia, sia pure con la metafora di assicurare la pace. Ebbene, non sono affatto entusiasta della «grande» conquista della donna che ora può sparare con un mitragliatore o lanciare, e con molta precisione, un missile teleguidato o disporre sul terreno mine antiuomo. Mi sarebbe piaciuto che la donna mostrasse di non accettare, magari avanzando una presunta incompatibilità, di ammazzare.

Insomma, che la donna soldato sia una conquista rispetto al mio sogno di un uomo incapace di sparare, di prepararsi alla guerra, non mi piace proprio.

Non è vero il *si vis pacem para bellum*, ma semmai l'esatto contrario: se ti armi, di certo farai la guerra.

Ma non è questo il tema centrale: rimane la voglia di neutralizzare ciò che la Natura ha diviso e a cui ha affidato compiti biologici certamente differenziati. Alla donna ha assegnato il privilegio di partorire i figli, di tenerli nel grembo nove mesi, dando un contributo alla nascita che è differente e di molta maggiore importanza rispetto all'uomo. E non vi è dubbio che al minor impegno, si deve un minor attaccamento con il nuovo nato. Confesso di avere una grande ammirazione e un'amorevole invidia per questa funzione esclusiva della donna.

Se sei una femmina sii felice e se sei un maschio non ti dispiacere, ma impara subito che tua sorella ha qualcosa che tu non hai e lei manca di qualche cosa d'altro che invece tu hai per dotazione biologica. E sappiate che il confronto tra diversità, a partire da quelle biologiche, è un esercizio di educazione straordinario. Sembra una sentenza da Lapalisse, eppure è contraddetta continuamente quando si voglia con la educazione tracciare un modello unico e identico.

Non sono nemmeno felice di sentire te, giovane ragazza, affermare di esserti rotta...

Cari figli, lo sapete bene di essere la parte centrale della vita della famiglia e che lo sguardo di tutti è rivolto a voi. Ebbene, vi prego, non ritenete di avere soltanto diritti. Non è vero che, poiché siete il fine, l'oggetto della educazione, dovete ricevere e non dare mai, e protestare e lamentarvi degli educatori e del clima in cui si svolge la relazione educativa.

Non limitatevi al lamento, anche se a ragione, senza fare il minimo sforzo per capire che cosa sia successo e senza nemmeno porvi il problema di un possibile aiuto da dare a vostra madre o a vostro padre. Mi meraviglio che non facciate nulla per facilitarli in questo compito, perché non si tratta di due robot che non possono andare mai in crisi e allora, se volete una attenzione adeguata, aiutateli. Suggerimento questo in perfetta sintonia con la certezza che l'educazione non è un processo a una sola direzione. Con ciò non sostengo affatto che si debbano scambiare i ruoli, sono ben lontano dal pensarlo; affermo con decisione che se i padri e le madri non sono motivati, fanno maggiore fatica a svolgere il loro ruolo e su questo tasto voi avete una grandissima capacità per incidere. Fatelo e cercate poi di evitare i toni aggressivi che, se hanno bisogno di esser capiti e talora tradotti nel loro significato, demotivano e fanno sentire a padri o madri di essere inadeguati. Insomma, l'educazione va da loro a voi con ritorni che siano di sostegno, di correzione reciproca e di rinforzo per continuare. Continuare un'esistenza insieme sentendo gratificazione, gioia di vivere, di vivere con loro anche se non sono perfetti.

Un padre debole rimane padre anche quando afferma cose che possono non essere condivise o sbagliate. Il mio ruolo di padre non decade nell'errore, ma permane con un compito in più se ho sbagliato: mostrare che anche in quella circostanza ho voluto bene ai miei figli e questa condizione voi non la troverete in nessun altro ruolo. Siamo gli unici, madre e padre, a sbagliare – e magari a provocare danni – volendovi bene e talora sbagliamo di più, volendovene di più.

Vi chiedo, dunque, di aiutare anche se possedete il diritto primario a essere aiutati, non fosse altro poiché siete venuti al mondo per una nostra volontà e di questo «particolare» non dovremmo mai dimenticarcene.

Vorrei che non imputaste sempre tutto e soltanto a padri e madri, come se il mondo dovesse guardare solo a voi, dedicarsi soltanto a voi. Anzi come se fosse incominciato il giorno in cui siete arrivati, e il resto si riducesse a nulla, senza nemmeno necessità di considerazione.

Come se voi non aveste bisogno delle esperienze dell'altro perché solo voi fate esperienze utili, legate a un tempo che non ha nulla in comune con il passato: roba da cancellare. Ciò comporta che non ci sia nulla da imparare, nulla da ascoltare.

Lasciatemi dire che ci sono adulti che hanno dedicato la loro vita allo studio, incluso qualcuno dei vostri insegnanti a scuola, magari proprio quello che viene da voi deriso.

Dovete essere più attenti al sapere, almeno per potervi accorgere di chi ha speso la propria vita per il sapere. Non convincetevi che il sapere non serva o, meglio, che basta avere un buon sistema di Internet e dei buoni polpastrelli con cui cliccare.

Il sapere è un processo di elaborazione e nella elaborazione si diventa assolutamente unici, mentre Internet risponde nello stesso modo a qualunque polpastrello delle dita. Sapere è pensare, meditare, non muoversi rapidamente schiacciando bottoni. L'esperienza è aver dedicato sonni e polsi a una pagina e a una ricerca.

È la differenza che esiste tra un superficiale e uno che pensa, che si interroga. Il sapere si coniuga ai dubbi, stimoli essenziali a studiare e a pensare, ma per dubitare occorre percepire i termini contrapposti, le ipotesi possibili, su cui si struttura un dubbio.

Lo so, fate tanta ginnastica muscolare, usate tutte le tecniche dell'Oriente e dell'Occidente meno noto, io vorrei vedervi più impegnati a fare ginnastica mentale e non dimenticate che, per pensare, occorre stare un po' in silenzio e chiudere le fonti di rumore.

Talora il padre e la madre vengono ridotti a salvadanai da cui trarre il denaro, che non è mai abbastanza: il motorino, l'abbigliamento, i jeans e le innumerevoli paia di scarpe che a me paiono tutte uguali.

Lo so che si dovrebbe parlare della società dei consumi, del sistema che induce acquisti quasi obbligati, ma io chiedo soltanto che cerchiate temi alternativi per avvicinare i vostri padri, non sempre e solo l'acquisto di qualcosa o l'accordo che stipulate qualche volta con l'abilità dei persuasori occulti e con strategie capaci di usare ora il padre, ora la madre, ora il momento in cui vostro padre ha litigato con vostra madre. Una strumentalizzazione persino del dolore.

Non posso accettare che siate degli strateghi di bottega, dei disimpegnati tranne che per ottenere vantaggi egoistici. Proprio perché vi voglio bene, chiedo che non siate ridotti ad attaccapanni o a corpi morti da decorare con un po' di piercing e un po' di tattoo. Dovete essere delle persone che hanno bisogno di molto aiuto per crescere e non per esser «decorati» da automobili dopo i diciotto anni e dai motorini prima.

Siate critici, persino in rivolta con i vostri padri se non corrispondono alle esigenze essenziali, ma non riducetevi a consumatori di oggetti e per questo disposti a mercanteggiare i sentimenti.

Lo so che i padri non dovrebbero cadere in questo tranello, lo so che amano più dare cinque euro che iniziare un ascolto che dovrebbe terminare in solidarietà e in un abbraccio, ma voi non dovete essere cinici e favorire questo minimalismo di vita familiare. Anche voi, sì *anche* voi, siete responsabili, attraverso le vostre richieste, del clima familiare che non amate.

Sono dalla vostra parte non per darvi sempre ragione e giustificarvi, non sono un avvocato difensore di ufficio. È ora che chiediate padri e madri migliori, ma che nello stesso tempo vi impegnate per non buttare via la vostra e la loro vita.

E non dimenticate che un padre che voglia bene al proprio figlio non è quello che aggiusta un suo danno cancellandone il senso individuale e sociale. Un padre che voglia bene al proprio figlio non lo raccomanda, poiché nel momento in cui lo fa, dichiara implicitamente che è un cretino, che vive in una società di cannibali, e tu dovresti offenderti.

Io sono sicuro che il futuro ve lo giocate voi, è – come si dice – nelle vostre mani, meglio ancora nella vostra mente.

Io sono sicuro che solo voi potrete risolvere il problema della pace in questo mondo, poiché gli adulti hanno troppi pregiudizi per volere veramente la pace e non piuttosto chiamare pace la guerra che continueranno a combattere.

Io lo so che, se una società multirazziale sarà la società del futuro, sarete voi a volerla e a realizzarla.

Io so che, se ci sarà giustizia sociale, sarete voi ad applicarla, perché gli adulti del tempo presente mostrano di amare i liberalismi che sono sempre a vantaggio di chi è libero e sempre a svantaggio di chi non ha la libertà, se non di essere sfruttato.

Io lo so che il mercato del lavoro, che ora ha generato il precariato giovanile, lo saprete affrontare e mutare senza che generi ancora la distinzione tra i figli dei potenti e quelli dei poveretti.

Sarete voi a gestire il futuro e ho più fiducia in voi che in noi, vostri padri, ma allora prendete coscienza di questo compito generazionale, di questa missione. Prendete consapevolezza dei ruoli sociali che vi ho richiamato, e che partono da quelli che ora gestite all'interno dell'insieme familiare. Pensate alla difficoltà di vostro padre e di vostra madre, alla loro crisi di coppia e, se c'è, sappiate che potrebbe mutare favorevolmente con la vostra attenzione, con l'amore di un figlio che mostra quanto importanti siano per lui i genitori, e molto di più se sono insieme e non in crisi o separati.

Non vi dispiaccia questa strategia: davanti ai vostri padri vi difendo e cerco di indicare quei cambiamenti che, se realizzati, vanno a vantaggio della vostra crescita e della vostra serenità; davanti a voi vi richiamo, e in maniera forte, ai cambiamenti che questa volta spettano a voi. In ogni modo, non dimenticate mai, nemmeno per un secondo, che vi voglio bene.

Gli zii

C'erano una volta gli zii, e non ci sono più. Sono spariti come quei maghi che, dopo aver fatto tante cose buone e persino i miracoli, se ne sono andati e forse sono stati licenziati senza giusta causa. Rimane solo qualche residuo, qualche ricordo che prende corpo in una zia *single*, che nelle vecchie storie si chiamava zitella, e che cerca di compensare su qualche nipote una maternità mancata. Si vede qualche volta ai compleanni e il nipote sa che riceverà in regalo delle calzine nuove che presto saranno bucate in corrispondenza dell'alluce, come sempre.

In questo mondo gli zii, quando ci sono, fanno gli affari loro, quelli delle proprie famiglie, o abitano lontano e paiono irraggiungibili, misteriosi. E quando li si incontra sembrano «oggetti» strani ben diversi dagli zii di carta come zio Paperino, allegro e buontempone, oppure zio Tom, quello che aveva una capanna e che amava persino i ragazzi del suo padrone bianco dai quali non sapeva distaccarsi nemmeno in nome della libertà avuta dalla schiavitù.

Insomma, gli zii sono morti. E pensare che avevano una funzione straordinaria poiché per i loro nipoti erano dei nonni giovani, della stessa età dei padri e per questo potevano confrontarsi con un papà diverso e magari finivano per vedere il proprio in maniera più vera e benevola.

Gli zii poi sapevano tante cose segrete sul papà e sulla mamma che raccontavano volentieri e li rendevano più simpatici.

Diminuendo il numero dei fratelli, fatalmente gli zii si fanno rari e una società sterile addirittura li cancella.

Gli zii non ci sono più, e sarebbe bello poter contare ancora su una famiglia allargata per non creare tanti piccoli nuclei chiusi, non più comunicanti se non da spazi formali e di invidia, perché lei ha di più o di meno del papà che ha avuto maggiore o minore fortuna.

Ai miei tempi gli zii erano oggetti persino del desiderio e del sogno. Ho sognato di avere uno zio prete. Mi sarebbe piaciuto dire le parolacce quando fosse venuto a trovarmi e poi farmi raccontare del Signore e di Gesù bambino. Ma tutto è rimasto solo dentro la fantasia.

Non resta che leggerli nei grandi romanzi. *Zio Vanja* di Anton Čechov: uomo tutto bontà, modestia e generosità; *Zio Remus* di Joel Harris, che racconta a un ragazzo storie di conigli e di volpi e mostra una saggezza popolare che si radica nella tradizione del popolo nero; *Zio Jules* di Guy de Maupassant, andato in America e di cui si dice sia diventato ricco. Un giorno la famiglia decide di cercarlo e lo riconosce in un barbone, miserevole. Crollano i sogni e si arricchisce invece il dramma di una vita di stenti.

Cari zii, faccio fatica a rivolgermi a voi poiché non so più chi siate e a parlare con chi nemmeno ha un volto si corre il rischio di essere considerati da manicomio e io non lo voglio correre, anche perché il manicomio lo conosco bene.

I nonni

Cara nonna, caro nonno, mi pare, mentre scrivo queste righe per voi, di indirizzarle anche a me, perché sono anch'io nonno e sono felice di esserlo. Vi devo dire innanzitutto che sono contento di avere raggiunto la terza età che, però, mi piace chiamare, senza finzioni e mascheramenti verbali, vecchiaia. Un termine che si vuol cancellare perché non piace a una società di forsennati della corsa e dell'attività e che, invece, io amo molto.

Sono contento di essere vecchio e qualche volta, un po' per paradosso, un po' per scherzare con i giovani, dico che mi dispiace che siano così lontani dalla mia età e che debbano pertanto sospirare, faticare per raggiungerla.

Non fermatevi alle rughe, che sono semplici pieghe del tempo che passa, ma alla percezione che noi vecchi abbiamo del tempo e che va insegnata a tutti poiché la fretta è un male, non consente di meditare a sufficienza, conduce a comportamenti realizzati entro un empirismo smodato che non permette programmazione e la considera addirittura un rallentamento degli eventi. Insegniamo il tempo soprattutto ai nostri nipoti che hanno incominciato relativamente da poco la corsa contro il tempo.

Il tempo va assecondato, accompagnato, vissuto mentre invece lo si sfugge, si scappa dal tempo.

Come nelle parole di Qohélet, nell'*Ecclesiaste*: c'è un tempo per piangere e un tempo per ridere, per giocare e per penare, per amare... C'è tempo, ecco la prima verità, c'è tempo anche per noi che di anni ne abbiamo tanti. C'è tempo anche perché un minuto di orologio può farsi lungo o una giornata riversarsi tutta in quegli istanti che passiamo con un nipote, io con quella bambina straordinaria, con Alice. Mi rallegra e commuove insieme. Mi permette di pensare e di meditare sulla vita e sul miracolo dei suoi tre anni, sulla vita dentro quel corpicino e dentro quella mente. Mi corregge quando sbaglio il nome di qualche pesce e mi rimprovera per non riuscire mai a ricordarmi la storia di Winnie the Pooh. Rimango nella meraviglia del suo racconto.

Insegniamo il segreto del tempo e non ponetevi tra i nonni giovanilisti, quelli che vogliono nascondere l'età.

Io lo voglio dire a tutti: sono vecchio, sono vecchio. Mostrare le mie rughe, le articolazioni che non si muovono e certe parti del mio corpo che sono diventate «sorde».

Se non amate la vostra età, siete dei vecchi malati che cercano la metamorfosi, che imbrogliano sull'anagrafe e su tutto perché, se non ci si accetta, si trasforma il mondo intero in una menzogna.

Il nostro è il tempo della pace, della saggezza, della voglia di perdere tempo, di stare con i nipoti.

Carissimi, diciamolo sottovoce, noi rincretiniamo di fronte a un nipote, e questo succede anche a menti lucidissime, a professori insigni di logica matematica: di fronte a un nipotino diventano cretini come uno che non sappia nemmeno fare un'addizione. Un nipotino ci cambia, ci fa impazzire e cominciamo a fare i pagliacci, a giocare con quanto sappiamo per stravolgere e per mostrare il mondo rovesciato. Forse è questa la forza di *Alice nel Paese delle Meraviglie* che, come sapete, lo ha scritto quel Dodgson, grande matematico di Cambridge alla fine dell'Ottocento.

Io ve lo confesso, e sempre con un filo di voce: di fronte alla mia Alice sono proprio un cretino e, quando me la portano via e ripenso a quello che ho fatto e detto, mi dovrei vergognare, ma invece, e questo non lo dico proprio a nessuno, non vedo l'ora di ricomportarmi nello stesso identico modo.

Non ce li danno frequentemente i nipoti, preferiscono le baby sitter diplomate. Ma non dobbiamo creare contrapposizione, non rispolverare questioni che sono sempre aperte tra padri e figli. Guai suscitare contrasto, guai mostrare due mondi separati, quello dei genitori e quello dei nonni. E poi dobbiamo stare attenti a non creare il partito dei nonni di lei, la moglie, e di lui, il marito; fare guerra per una nipotina che semmai merita pace e godimento generale, una festa. E naturalmente non dobbiamo pensare che siamo meglio noi di loro.

Bisogna evitare di voler illuminare i figli su come devono fare il padre e la madre, a meno che non ce lo chiedano esplicitamente e, anche in questo caso, bisogna stare attenti a non fermare in regole fisse e in giudizi eterni questa difficile arte. È bene parlarne, girando attorno alla questione per far emergere più che dei diktat, dei pensieri, delle meditazioni che servono, anche se non alla maniera dei manuali che, noi vecchi, odiamo perché sappiano che la vita non può essere incasellata in poche sentenze.

Insomma, noi siamo, e credo che dobbiamo essere,

dei consulenti dei nostri figli e su questioni espresse e comunque su richiesta esplicita dobbiamo dire cosa pensiamo, con la prudenza di chi non crede nella verità, ma sa che bisogna sempre cercarla, altrimenti si promuove qualunquismo e superficialità. Siamo personale di riserva, i riservisti della vita, che non vuol dire perdere la nostra autonomia e diventare personale di servizio. Eh no! io mi oppongo e con me mia moglie, la nonna, alla richiesta di dover sempre essere a disposizione, che significa esserci a richiesta e sparire senza richiesta.

Il linguaggio che noi dobbiamo privilegiare con i nostri nipoti, e mi riferisco a casi di differente età e non al mio soltanto, è il linguaggio delle favole. Io credo che dobbiamo richiamare quella funzione, un po' *depassée*, delle fiabe al focolare o ai *filò*. Le favole sono infinite e ammettono interpretazioni senza limite.

Se parliamo del mondo attuale, i nipoti riferiscono le nostre frasi ai genitori e se non sono d'accordo, veniamo tacciati per dei sabotatori del loro sistema educativo, delle loro idee e princìpi.

Le favole non corrono mai questo rischio e poi sono piene di fascino, e non solo per i bambini. In questo ultimo periodo ho messo insieme tutti i libri di fiabe e ho completato la serie classica con libri più recenti e bellissimi scoprendo quanto ricco e interessante sia questo mondo, incluse le saghe del *Signore degli anelli* e quelle di Harry Potter.

Io racconto favole e il motivo è duplice.

Il primo, perché la favola riguarda sempre il bene e

il male e il mondo attuale non vuole saperne di questa separazione: vorrebbe poter fare tutto ciò che è vantaggioso o piacevole e non sentirsi criticare, quindi niente dualismi manichei. Attraverso le favole parlo di bene e di male, quindi anche di manichei che semmai non mi piacciono per ciò che considerano male e bene, ma non certo per il fatto di sostenere una separazione tra ciò che non si può fare mai e qualcosa invece che si deve compiere sempre.

Il secondo motivo è che la favola permette di difendere e di instillare nella mente di chi l'ascolta la speranza. E oggi la speranza è agonizzante a causa di un pessimismo catastrofista tremendo. La favola termina sempre con l'arrivo del bene. Attraverso le favole mostro che cosa sia la morale e il dovere e cosa la rottura delle regole e quindi il... Non ho il coraggio di pronunciare questa parola, ma se mi assicurate di non riferirlo agli altri componenti il gruppo familiare la pronuncio: e quindi il *peccato.*

Sì, il peccato. Non ho un Dio a cui rispondere, ma farò di tutto per impiantare nella mia nipotina il senso della colpa e quindi del peccato, perché senza colpa non si può nemmeno vivere. La colpa è quello strumento di bordo che deve segnalare quando si va fuori rotta e quindi correggerla per non cadere dentro secche o nel mare grosso con onde che possono sommergere ogni imbarcazione e ogni vita umana, indipendentemente dall'età. Quindi voglio che nel meccanismo mentale di mia nipote si inserisca questo sistema di monitoraggio e questo rivelatore dei pericoli.

Le fiabe, inoltre, permettono di insegnare il perdono e mostrarne la bellezza. Nessuno oggi parla di bontà: è contro la lotta e la vittoria. Ad Alice insegno il perdono e la bontà, e nulla che sia in sintonia e serva per vivere nella società del successo.

Come avete capito, faccio quello che voglio, dico quello che penso e, attraverso le favole, insegno anche la giustizia sociale e faccio dire a qualche loro personaggio che il liberismo spietato è una oscenità e crea miseria e che i poveri non sono una variazione prevista dalla Natura come le ortiche vicino ai gelsomini, bensì dal liberalismo.

Certo, il mio *exploit* è quando canto ad Alice la canzone delle pecorine: una ripetizione, a volte lamentosa a volte allegra, di un «Bee bee» che va da un sol maggiore a un mi bemolle e con salti di due ottave e con il vantaggio di essere la mia voce stonata come una campana antica. Poiché amo molto i cani, i pastori tedeschi in particolare, allora intreccio al «Bee beeee», un «Buu buu» e talvolta arrivo a una contrappuntistica che si rifà a Palestrina.

Carissimi, c'è un altro tema che noi vecchi dobbiamo insegnare: la morte. Voglio che mia nipote sappia che io incontrerò la morte e che quindi andrò da qualche parte e, anche se non sono sicuro che ci si muova da quella bara, amo far credere che io ci sarò ancora. E allora ecco la favola di un nonno che muore, ma che c'è e che va in paradiso come un uccello e lo si rivede guardando l'aere. Forse diventa pesce e si fa come Nemo, che Alice ama particolarmente. Insomma, voglio esserci, restare nella mente di mia nipote che così sa che da qualche parte ci sono e mi può mandare dei bacini e persino parlarmi come fa con i personaggi che ora popolano la sua fantasia e con cui intrattiene colloqui infiniti. Beh, lo sappiamo che le favole sono anche tristi e che il dolore ne è parte; parte delle favole e della vita e sappiamo che la morte è più legata alla vita che alle favole.

È bellissimo avere dei nipoti, anche perché altrimenti a noi vecchi toccherebbe solo vivere con quanti sono morti e sono dentro di noi. Ormai vivo tra Alice che mi vede vecchio, e mio padre che, morto, mi fa ritornare bambino.

Cari nonna e nonno, vi raccomando in particolare di stare bene, di non pensare di rifugiarvi nelle malattie. Non preoccupatevi troppo per il colesterolo se è un po' alto o se le articolazioni non permettono le flessioni d'un tempo. È triste stare male, ma lo è anche andare alla tomba con tutti gli organi perfettamente in ordine, come vogliono i medici.

Provate a pensare alla saggezza di un difetto che abbiamo tutti alla nostra età, la presbiopia. Ci permette di non vedere più il mondo vicino nitidamente e mi pare un segno di una saggezza estrema: sia perché il mondo, se metto gli occhiali, mi fa più pena, sia perché io non posso più fare nulla e, quando potevo forse cambiarlo, chissà, forse l'ho solo danneggiato.

Lasciate stare il corpo che però spero funzioni dappertutto, mi rivolgo a te nonno, lascialo stare anche se ti pisci addosso e bagni il pavimento, si campa lo stesso e la mente non ne risente, anzi ne può persino ridere e, se questo fatto ti angustia, prova a contare le gocce e ti sembrerà strano, ma sono dentro una media che rende il fenomeno sotto controllo.

Hai certamente una dentatura sana, ma lascia perdere anche se ti sotterrano senza il dente del giudizio, nessuno si scandalizza e rimani sempre un uomo e di sicuro sempre un nonno.

È tempo di chiudere questa lettera, anche se è difficilissimo farlo, un po' perché mi pare di essere entrato nella tua famiglia e di trovarmi bene, un po' perché vorrei ora stare zitto per sentire parlare proprio te. Chissà se questa epistola troverà risposta, come accadeva un tempo quando si spediva la lettera e da quel momento si aspettava e si immaginava quale sarebbe potuta essere la reazione. Poi finalmente arrivava e allora le elucubrazioni e le paure di essere stato frainteso si sedavano, e veniva voglia di dare una risposta alla risposta. Così continuava un dialogo, un dialogo dei sentimenti.

Ero triste quando l'ho iniziata e ora lo sono ancor di più.

Mi pare di non aver detto tutto quanto avevo in mente o di averlo espresso in maniera poco chiara.

Cerco di pensare non tanto a quanto ho scritto, ma alle considerazioni che spero di avere suscitato nella tua mente, dentro la tua famiglia.

E sento ancora più forte ora il desiderio che mi ha

accompagnato, la voglia che nella tua famiglia regni la gioia.

Se tutto quanto ho scritto ti sembrerà inutile e un po' ingenuo, ricorda almeno questo augurio di pace.

Magari occorre aspettare, ma non perdere mai la speranza e la certezza del suo arrivo. Ti auguro che tutti i tuoi, i vostri desideri si realizzino.

Ti confesso che quando scopro la gioia entro una famiglia, dentro una casa, è come se ne facessi un poco parte anch'io.

E tu lo sai che sono l'uomo del dolore, che mi sono dedicato sempre al dolore, ma ti prego di credere, che sempre al suo posto ho visto possibile la gioia.

Un abbraccio forte, a te e alla tua famiglia.

Vittorino Andreoli

Finito di stampare nel febbraio 2005
presso il Nuovo Istituto Italiano d'Arti Grafiche - Bergamo

Printed in Italy